恋を封じた側近と愛に気づかない王子

Waki
Nakura
名倉和希

CHOCOLAT
BUNKO

ILLUSTRATION 街子マドカ

CONTENTS

「卒業しても、領地に戻らないでほしい」

王都の王立学院卒業を半年後に控えた冬、ライアンはヒューバートにそう言われた。

粉雪が舞う学院の中庭で、ヒューバートはいつになく真剣な目でライアンを見上げてくる。一歳年上で十七歳のヒューバートはライアンより身長が低く、茶色のふわふわした癖毛と同色の瞳がくりくりした可愛い王子だ。寒さのためか、鼻の先がちょっと赤くなっていた。

ヒューバートはこのフォルド王国の王太子で、頼まなくとも命じれば臣下であるライアンは従う。たとえ自治領の後継者として正式に国へ届が出されている身でも領地に帰さないことができた。

ヒューバートの学友になって四年。ライアンは甘えん坊で寂しがりで怠け癖がある王太子の側に居続け、なにくれとなく世話を焼いてきた。教師やクラスの学生たちは面倒くさいヒューバートを意図的にライアンに押しつけていたようだ。

次期国王という立場であるにもかかわらず学業を疎《おろそ》かにしたり、身なりを整えなかったり、国の重臣たちの顔と名前を覚えなかったり——脳天気な子供時代をそのまま引きずるヒューバートは、同年代のライアンから見ても頼りなく、危なっかしかった。

前王の末っ子として生まれたヒューバートはみんなに愛されて育っただけあって甘えるのがじょうずで、ライアンの庇護《ひご》欲をそそった。放っておけなかった。

そのせいでヒューバートに懐かれ、絶大な信頼を得てしまい、「卒業しても帰らないで」という発言に繋がったのだろう。

ライアンが黙ったまま返事をしないからか、ヒューバートはしゅんと肩を落とした。

「おまえがディンズデール地方領の後継者なのは知っている。そのうち帰らなければいけないことも……。だから、その、数年でいいんだ。ずっと側にいろとは言わない」

なんだ、ずっとではないのか——とライアンはちょっと落胆したことに自分で驚いた。

「あと半年で俺たちは卒業だ。俺はおまえよりひとつ年上だから、すぐに成人の儀がある。王太子としての仕事がはじまるんだ。おまえなしでこなせるとは思えない。だって、おまえが俺のことを一番よくわかってくれているだろう？」

縋《すが》るような瞳で迫られて、ライアンはとくんと心臓を弾ませた。見上げてくる茶色い瞳が潤んでいる。きらきらとしていて濁《にご》りのない、美しい瞳。

こんな純粋な瞳をした王子を、たったひとりで世間に放り出すのか。

「俺を支えてほしい。できれば側近になって、俺のそばにいてほしいんだ。俺にはおまえしかいない。おまえだけなんだ、ライアン。俺だけのライアンになってほしい」

そんなふうに熱く口説《くど》かれて、断れるだろうか。

四年もそばにいたのは、この甘えん坊の王子の世話を焼くことが嫌ではなかったからだ。

どうしても嫌だったら、卒業を待たずに領地に戻ってしまえばよかったのだから。

「なあ、ダメか？」

つんと唇を尖らせ、拗《す》ねたような表情をした王太子に、ライアンは苦笑した。

「ダメではありませんよ」

ぱあっとヒューバートの顔が明るくなる。

「じゃあ、卒業しても領地に帰らない？」

「帰りません」

「俺の側近になってくれるのか？　俺だけのものになってくれるのか？」

「はい。殿下が望まれるのならば」

「やったー！」

ヒューバートはぴょんと飛び跳ねて、両手を広げた。がばっとライアンに抱きついてくる。感情が高ぶるとよくこんなふうに抱きつかれるので、いまさらライアンは驚かない。

ただ、いままでとはちがう感慨がこみ上げてきた。

この王子の側近になる。ヒューバートだけに仕《つか》え、ヒューバートだけのものになるのだ。

ライアンは喜びがひたひたと胸に満ちていくのを感じた。

ヒューバートを置いて領地に帰りたくないと思っていたのだ。離れがたい気持ちが、ただの友情でないことくらい自覚している。

俺だけのものになってほしいという言葉は、ライアンの気持ちが通じていた証かもしれない。

「誠心誠意、殿下を支えましょう。私ができるかぎり」

「ありがとう」

ライアンもヒューバートを抱き返した。胸の中にすっぽりとおさまる成人前の王子。愛しさがこみ上げてきて、ライアンはふわふわの茶色い癖毛にそっとくちづけた。

◇

早朝五時に、ライアンは起床する。どれだけ前夜の就寝時間が遅かろうと、これは変わらない。

目覚めてすぐに寝台から出て、となりの洗面室へ行く。空の洗面器に水差しから水を入れ、顔を洗った。正面の鏡に顔をうつし、自分の顔色を見た。昨夜は夜更かししなかったので、目の下に隈《くま》はない。毛先にだけすこし癖のある金髪は健康的に輝き、白い肌の調子はまあまあだ。碧《あお》い瞳にも曇りはない。

ライアンはしばし自分の顔を見つめた。金髪碧眼は尊敬する叔父《おじ》に似たが、顔立ちはいまは亡き母によく似ている。幼いときに病死した母の顔を、ライアンは覚えていない。けれど故郷の城には肖像画が何枚か保管されていて、ライアンはそれで母の顔を知っている。

叔父には会うたびに「ますます姉上に似てきたな」と嬉しそうに言われるが、すでに二十代半ばに達している男にとっては褒《ほ》め言葉ではない。ライアンは自分の女顔があまり好きではなかった。

おまけに、子供のころは発育がよく同年代よりも背が高かったのに、成人前にとまってしまった。食事は日に三度、きちんととっていたし、適度に運動もしていたというのに。叔父はすらりと背が高く筋肉質な体をしていたので、ライアンもてっきりおなじように男らしい体格に育つと思っていた。どうやら父が小柄な人だったらしい。顔立ちは母に、体格は父に似たというわけだ。

とはいえ、見かけで仕事をするわけではない。ライアンは王太子の側近として誇れるほど実直に働いている。

衣装部屋へ移動すると、側近の制服を身に纏《まと》う。体型にぴったりと添うように仕立てられた白いシャツに銀色のリボンタイ、そして紺色の上着。ボタンは銀色だ。

そして上着の左胸にフォルド王家の紋章がかたどられた記章をつける。これは国王と王太子の側近に与えられる身分証だが、中央に青い宝石がはめ込まれているのはライアンのものだけだ。ヒューバートが特別に作らせたと聞いている。ライアンの瞳の色に似た宝石を探させたらしい。

姿見に自分をうつし、全身を確認した。毎日手入れをしてくれている使用人のおかげで制服に皺や汚れはない。「よし」とライアンはひとつ頷く。

衣装部屋を出ると、寝室の窓にかかったカーテンはすべて開けられていた。初夏のこの時期、すでに東の空は明るい。その中でギルバートが待っていた。

彼は王都内にあるディンズデール家の屋敷を任されている執事だ。五十代半ばになるギルバートの褐色《かっしょく》の髪には白いものがかなり混じっている。けれど背筋をピンと伸ばして立つ姿は、はじめて会った十四年前から変わっていない。

「おはようございます」

「おはよう」

ライアンは寝室を出て、となりの部屋へ移動した。テーブルに朝食の用意が整っている。屋敷内に十人ほどが座れる大テーブルが置かれた食堂があるが、現在、ライアンしか住んでいないため、ほとんど使用していなかった。ギルバートをはじめ住みこみの使用人は、彼ら専用の食堂が別にある。領地の城で叔父夫婦や従弟《いとこ》たちと暮らしていたライアンは、たったひとりで広い食堂を使うのが寂しく、自室で食事をすることにしたのだ。

「ライアン様、どうぞ」

焼きたてのパンと具沢山のスープ、食後には紅茶。スープの具は季節によっていろいろだが、毎日ほとんど変わらない。この変わらない朝の習慣が、ライアンの心を落ち着かせる。今日もきっといろいろある。すべてをこなすために、朝食は大切だ。

午前六時、ギルバートと使用人たちに見送られ、ディンズデール家に仕えて長い壮年の御者《ぎょしゃ》に「今日も頼む」と声をかけて王城へと出勤する。王城の通用門までは、馬車で半刻もかからない。しかし門衛に顔を確認されて敷地内に入ると、そこから半刻ほどかかる場所にある離宮まで行かなければならない。距離はさほどではないのだが、馬車の速度を上げることができないからだ。

ディンズデール家を出てから離宮に着くまでの一刻ほどのあいだに、ライアンはその日の予定が書きこまれた書類に何度か目を通し、頭に入れることを常としていた。時間を無駄にするのは性格上、好まない。

やがて馬車が停止し、目的地に到着したと御者が声をかけてきた。ライアンはみずから扉を開けて馬車を降りる。いちいち使用人にやってもらうのが面倒だからだ。

目の前にあるのは、王族が住まう離宮。王城の敷地内にあるこの瀟洒《しょうしゃ》な建物は、百五十年ほど前に当時の王太后《おうたいごう》のために建てられたらしい。王城の中には後宮があり、通常はそこで国王の母親や妻、愛妾たちが暮らす。しかし老齢になった王太后が静かに暮らしたいと望んだため、建設されたという。

その後、この離宮は静養が必要だったり隔離されなければならなかったりした王族など、その時代や都合に合わせた者たちに使われてきた。二十六年前からは前国王の七番目の愛妾とその子供――現王太子が住んでいる。

ライアンは離宮の門番に軽く会釈されながら中に入った。

午前七時、離宮はすでに目覚めており、侍従《じじゅう》と侍女たちが楚々《そそ》とした足取りながらもてきぱきと働いている。この離宮の住人の一人である王太子はすでに起床して、朝食の席についていなければいけない時間なのだが――。

ライアンが食堂へ行くと、六人掛けの長方形のテーブルには、老年の侍女に給仕されながら、豊かな茶色い髪をゆるく結い上げた中年の女性と男児が食事をしていた。

「あ、おはよう、ライアン」

「おはようございます、フィリップ殿下」

ふわふわの茶髪が陽光にきらめく男児が振り返り、ライアンに笑顔を向けた。王太子の一人息子フィリップは今年で七歳になる。今朝も健康そうな肌艶をしていた。

「ライアン、おはよう」

「おはようございます、フレデリカ様」

にっこりと柔らかな笑みを向けてくれたのは、前王ジェラルドの七番目の愛妾で王太子の母、フレデリカだ。伯爵家出身のフレデリカはほっそりとした静かな女性で、外の世界をほとんど知らないまま前王に望まれ十八歳で後宮に入った。前王とは親子ほども歳が離れていたが、最後の愛妾としてとても愛され、王女と王子を産んだ。

前王はフレデリカを特別扱いし、この離宮を与えた。そのためヒューバートは一歳までしか後宮で暮らしていない。第一子である王女ヴィクトリアは結婚を機に八年前ここを出ている。

この離宮には現在フレデリカとヒューバート、フィリップの三人が住んでいた。

ヒューバートの妻ヒルデガードは、一年前に実家へ帰ったまま戻っていない。

王太子夫妻は結婚当初からあまりうまくいっていなかった。王子が生まれたあともそれは好転せず、ついに一年前、離宮を出て行ってしまった。

王族の、しかも王太子という立場の者が離婚した前例はない。ヒルデガードは将来、王妃になるつもりで王太子と結婚したのだろうが、悪化していくばかりの夫との関係に耐えきれなかった。現在、ヒューバートには妻の代役を任せられそうな側妃《そくひ》も愛妾もおらず、今後どうするつもりなのか明言していない。

ただ、ヒルデガードが不在でも日常にはまったく支障はなかった。育児を乳母《うば》に任せきりだったためにフィリップも母親を恋しがる素振りは見せていない。祖母が同居しているし、父親もライアンも愛情を惜しまないので、寂しくないのだろう。

「王太子殿下は……」

「あの子、まだ起きてこないの。お願いね」

ふふふ、と微笑を浮かべたフレデリカに悪意はない。二十七歳にもなる王太子を「あの子」呼ばわりして甘やかしているという自覚はないのだ。

食堂に姿がない時点で予想できていたことだったので、ライアンは無言でヒューバートの自室へ向かった。

前室と居間と寝室、衣装部屋からなるヒューバートの部屋には、すでに侍従が洗面と着替えの準備を整えて待ち構えていた。その中に偉丈夫が一人。

「おはようございます、ヴランヴィル殿」

「おう、おはよう」

軽く手を上げたハウエル・ヴランヴィルは気安い態度ながらにこりともしない。めったに笑わないので表情筋が死んでいると噂されるハウエルは、王太子専属の近衛《このえ》騎士だ。ヒューバートの姉ヴィクトリアの夫でもある。

ライアンより十五センチも身長が高く、肩幅は広い。短く刈られた黒褐色の髪と、つねに冷静な同色の瞳は威圧感がある。騎士として剣の腕は近衛の中でも一番らしく、その凛々《りり》しいたたずまいにヴィクトリアが一目惚れをしたという話だ。

「殿下はまだ？」

「いつものように、まだだな」

ヒューバートは朝寝坊が得意だ。そして寝起きがあまりよろしくない。ライアンに対してあまり不機嫌になることはないのだが、それ以外の人間には態度が悪いらしい。当然のことながら侍従たちは王太子の八つ当たりの標的になりたくないし不興を買いたくない。

出仕の時間までに朝食をとってもらい、身支度を整えたいのはやまやまだが――といったところだ。

結局、毎朝ライアンがヒューバートを起こすことになる。

「私が行きましょう」

「お願いします」

侍従たちに期待の目で見られながら、ライアンは寝室に入った。まだカーテンも開けられていなくて薄暗い。広い寝室の中央に置かれた天蓋《てんがい》付き寝台の真ん中が人型に盛り上がっていた。

ライアンはひとつ息をつき、カーテンを片っ端から開けていった。初夏の朝日が寝室に降りそそぎ、一気に明るくなる。

「殿下、ヒューバート殿下、おはようございます。朝ですよ」

大きめの声をかけながら窓も開けた。清々しい空気が入ってきて、寝室に風が通る。離宮の庭では晩春から初夏にかけて咲く薔薇《ばら》が、太陽の光に誘われて可憐《かれん》な花弁を開きつつあった。風とともに薔薇の甘い香りが流れてくる。

「うーん……」

寝台の上で人型がもぞもぞと動き、「まぶしい……」と呻《うめ》いた。

「おはようございます」

「うるさい……寝かせろ……」

「ダメです。もう起床時間を過ぎています」

「うるさいっ」

寝具の中にもぐりこんで怒鳴《どな》っている。毎朝のことなのでライアンはこれしきで怯むわけがない。

「殿下、起きてください。フィリップ殿下はきちんと起きて、もう朝食を召し上がっていましたよ」

「俺はいらない」

「お腹は空いているはずです。ほら、とっとと起きてください。いいかげんにしないと怒りますよ」

ちょっとだけ声を荒げたら、「……ライアンか？」とくぐもった声がした。

「はい、ライアンです。起きてください」

「まだ眠い」

「眠くても起きてくれないと困ります。私を困らせて楽しいですか」

「そんなことはない」

返答がはっきりしてきたので、もう目は覚めたようだ。よかった。

「昨夜は遅くまで起きていらしたのですか？」

尋ねながら、ライアンは寝台横のチェストの上に本が何冊か置かれていることに気づいた。その横に空のグラスがひとつ。酒瓶はない。寝酒を飲み過ぎたわけではないようだと、いくぶん安堵する。

「本を読まれていたのですか。殿下、ちゃんとランプの明かりをつけて読みましたか？　いつかのように隠れて月明かりなどで読書をしてはいけませんよ。視力が落ちますから」

「それいつの話だよ、子供のころのことだろ。いまさらそんなことするか」

顔を出さないまま寝台の中からヒューバートが笑い混じりに言い返してくる。ライアンは本を一冊、手に取った。

「なにを読まれて――『濡れた夜の甘い罠』？　こちらは『熱い肌にひそむ欲望』？　官能小説ではないですか！」

置かれていたすべての本が、過激な内容でいま庶民にうけているという官能小説だった。

カーッと頭に血が上る。

「王太子殿下ともあろう方が、こんな低俗な本を読んではいけません！」

「低俗と決めつけるな。読んだことがあるのか？」

「あるわけないでしょう」

「一度読んでみろ。なかなかおもしろかったぞ。庶民のささやかな楽しみを知るのも勉強のうちだ」

「……とにかく、起きてください」

「はいはい」

「はい、は一回です」

むくりと寝台に起き上がったヒューバートは、上半身が裸だった。がっしりとした広い肩幅と厚い胸板、張りのある肌が朝日の中に晒《さら》される。欠伸をしながら乱れた茶色い髪を手でかき上げるしぐさには、男臭さが溢れていた。

ライアンはさり気なく視線を外し、「おはようございます」とあらためて頭を下げる。

「おはよう」

よいしょと気怠《けだる》そうに寝台を下りてきたヒューバートは、ライアンより頭ひとつ分も背が高い。

十四年前、はじめて会ったときはライアンの方が背が高かった。小柄なヒューバートに甘えられて、一歳年下にもかかわらずライアンは兄のような気持ちで接していたものだ。

それが学院卒業後、あっという間に身長を超された。ヒューバートは単に成長期が遅いだけだったのだ。鍛えれば鍛えるだけ筋肉がつき、屈強な体格になっていくヒューバートが羨ましかったが、悔しかったのでそれを口にすることはなかった。

「殿下、庶民の流行《はや》りを学ぼうという姿勢は素晴らしいですが、何冊も読まなくてもいいのではないでしょうか。こんなものを読む時間があるのなら、私としてはもっと――」

「あー、はいはい、わかった。すまない。もう読まないから小言は終わりにしてくれ。朝からうるさい」

「私は殿下のために言っているのです」

「ライアンが俺のためにあれこれ考えてくれるのは嬉しいよ」

にこっと笑ってヒューバートがいきなり抱きついてきた。裸の上半身に包みこまれて悲鳴が出そうになる。

「やめてください！」

「んー、今朝もライアンはきれいだね」

「侍従！　殿下はお目覚めだ！」

焦って侍従を呼んだ。待機していた三人の侍従たちが寝室に入ってきて、ヒューバートの身支度の世話を焼きはじめる。ライアンは素早く離れて、激しい動悸に痛む胸を、こっそり手で押さえた。

「ごくろうさま」

ハウエルが無表情のままポンとライアンの肩を叩いて労ってくれる。ついぎくりと顔を強張らせてしまい、慌ててなんでもないことのように取り繕った。

ライアンがひた隠しにしている想いを、この近衛騎士は察しているのではないかと疑ってしまう。武道に秀《ひい》でていても人の感情の機微《きび》には鈍感そうな男だが――。知られていた

ら憤死しそうだ。

ライアンは冷静を装い、壁際に立って侍従に囲まれているヒューバートを見守った。目ヤニが付いていた顔を洗い、くしゃくしゃだった髪に櫛《くし》を通され、最高の職人が最高級の布地で仕立てた衣類をまとっていくと、大国の王太子ができあがっていく。二十七歳、妻帯して世継ぎの王子をもうけている立派な男性だ。

しかしライアンと目が合うと、へらりと笑って手を振ってくる。冷たい顔で無視していると、ヒューバートはいつまでも手を振っているので、仕方なくライアンも手を振り返してやった。ぱあっと明るい笑顔になったヒューバートに苦笑する。

(ああ、ダメだ。やっぱり……)

どれだけ図体が大きくなっても、結婚しても子供ができても、やはりライアンにとってヒューバートは可愛げがある甘えん坊の王子だった。

ディンズデール地方領。それがライアンの故郷だ。

現在の領主はライアンの母の弟で、フレデリックという。今年で四十八歳になる叔父は品行方正で質実剛健、貴族のあいだでは領地運営の手本と言われている人物だ。ライアンの母が病死したあと、引き取って育ててくれた。その後、フレデリックは事故死した弟の遺児、ジェイとキースという双子も引き取った。

そしてフレデリックの伴侶はフィンレイという名の、三十五歳になる元王子。前王の十二番目の王子で、十八歳のときに嫁いできた。王太子ヒューバートの腹違いの兄にあたる。フィンレイは母親が平民だったために生まれたときから王位継承権はなく、母親の実家で育った異例の王子だった。

フィンレイはライアンと九歳しか離れておらず、明るく気さくで、義母という感じではなかった。ライアンはフィンレイを兄のように慕い、家族のぬくもりと癒し、そして猟銃の扱い方を教えてもらった。

ディンズデール地方領は、フォルド国内で自治を認められた場所だ。基本的に王国内の土地はすべて国王のものであり、貴族たちはその身分や役職に応じた土地の管理を任されているにすぎない。しかしディンズデール家はかつてフォルド家が立国したときに多大な貢献をし、その報酬として土地を与えられたと言われている。

王都から馬車旅で十日、早馬でも三日ほどかかる地方ではあるが、ディンズデール地方領は肥沃《ひよく》で天候は穏やか、農業が盛んで領民たちは静かに暮らしている。王家への忠誠心は篤く、毎年、国への税金もきっちりと納めていた。

ディンズデール家の男子は王都へ留学することが多く、当時、王太子候補だったヒューバートの学友に選ばれていなくとも、ライアンは十二歳になったら王都へ留学する予定だった。

会ったこともない王太子候補の学友になることに抵抗はなかった。王家に仕えるのは臣下として当然のことだし、断ればディンズデール家のためにならないことくらい理解できる歳だった。それに、ヒューバートという王子が嫌な奴でも、卒業までの数年間だけだと割り切ればいいと考えていた。

だが、留学予定の前年に事件が起こる。ライアンはならず者に誘拐され、一週間も監禁されていたのだ。領主夫妻たちの尽力によりライアンは救い出され、事件は解決した。ライアンは目に見える大きなケガはしておらず、軽い栄養失調になっていただけだった。

けれど心には深い傷を負っていた。

そんなライアンを癒してくれたのは、家族だった。とくにジェイとキース、双子の従弟たちは、ライアンの側にずっと付き添ってくれていた。昼間は目の届く範囲で遊び、夜は手を繋いで眠ってくれる。茶色のふわふわの髪と同色の瞳は、無垢《むく》な犬のようで可愛かった。一年かけてライアンは少しずつ症状を改善させていき、医師の許可を得て王都へ留学した。

そこで出会ったヒューバートは、次期王太子の最有力候補とは思えないほど子供っぽくて驚いた。それもそのはず、ヒューバートは王太子候補になどぜったいにならない十三番目の王子だったのだ。

その二年前まで、ヒューバートは国王の末王子として愛玩《あいがん》されるだけの存在だったという。天真爛漫《てんしんらんまん》な末王子は自分を愛してくれる両親に、ただ甘えて過ごしているだけでよかった。王位継承権はあったが、長子の長子が玉座に就くという決まりがあったため、十三番目の王子が国王になることなどありえないと思われた。

ところが、国王の正妃が産んだ第一王子が不祥事を起こして廃嫡《はいちゃく》され、つづいて同じく正妃の子である第三王子も国王の怒りを買って僻地《へきち》へ追いやられた。王太子になったのは一番目の愛妾の子、第二王子アンドレアだ。けれど落馬事故で還らぬ人となる。

アンドレアの子、王孫であるアーネストが十七歳で王太子となった。その後、彼は「生涯独身」を宣言した。つまり女性とのあいだに子供を作らないと言い切ったのだ。そのときの混乱をライアンは知らないが、王室と重臣たちはずいぶんと驚愕したことだろう。

のちに、アーネストがなぜそんな宣言をしたかわかった。自分の警護をしている近衛騎士と恋仲になっていたのだ。タイラーというその騎士は物静かな男で、アーネストに忠誠を捧げている。いつもひっそりと警護をしていて、アーネストを利用して私利私欲を貪《むさぼ》ることはいっさいない。

タイラーがいればアーネストは心穏やかに過ごせ、国政に集中できる。しかもタイラーは国政に口を出さない。ならば認めるしかない――ということになったらしい。

そうこうしているうちに、病を得ていた十九代国王ジェラルドが死去し、王太子アーネストが即位した。アーネストは次代の国王になるべき王太子はヒューバートと決めた。アーネストから見て、ヒューバートは七歳年下の叔父になる。

前王ジェラルドにはほかに九名の王子がいたが、幼いうちに病死していたり他国へ婿《むこ》に行ったり、十二番目の王子フィンレイはディンズデール家に嫁いでいたりして、何事もなく国内で過ごしているのはヒューバートだけになっていたのだ。

ただ愛玩されるだけの末王子から、いきなり王太子になったヒューバート。

拉致監禁の傷が完全には癒えていないライアン。

ヒューバートは賢くてしっかりしているライアンに甘えた。ライアンは双子の従弟によく似たふわふわの茶髪を持つヒューバートに癒しを求めた。

二人はいつも一緒にいるようになり、やがて親友と呼べる存在になった。

だから、卒業を半年後に控えた年のある日、ヒューバートに側近にと請われて感激した。さらに「俺だけのものになってほしい」と、まるで口説かれているような言葉に、ライアンは喜びを覚えたのだ。

ライアンは領地に手紙を書いた。卒業後は王太子の側近になりたい、いつかは領地に帰るがいまは王都に留まることを許してほしいと。叔父のフレデリックはすぐに返事をくれて、許してくれただけでなく、精一杯尽くしなさいと励《はげ》ましてくれた。

七月、ライアンとヒューバートは揃って学院を卒業した。八月は夏期休暇だ。ライアンは領地に帰り、あらためて叔父夫婦と話をし、双子の従弟にも事情を説明した。そして、おそらく少年時代最後の家族水入らずとなる賑《にぎ》やかな時間を楽しんだ。

八月末にライアンは王都に戻った。九月にはヒューバートの成人の儀が予定されている。王族の成人は国が正式に祝う、大切な国の行事だ。そこにライアンも側近候補として出席するように言われていた。

国王と王太子の側近には制服がある。仕立て上がった制服が王都のディンズデール家の屋敷に届き、試着してみせると執事に褒められて気持ちが高揚した。

成人の儀の打ち合わせに呼び出され、ライアンは王城へ上がった。年に数度、行事のときにだけフレデリックに連れられて足を踏み入れる王城。これからは王太子の側近としてここで仕事をすることになるのだ、とライアンは誇らしかった。

王太子の執務室にはじめて入ると、ヒューバートが待っていた。一カ月ぶりに再会したヒューバートは背が伸びていて、ライアンとの身長差がほとんどなくなっていた。こころなしか肩幅も広くなったような気がする。それを指摘すると、ヒューバートは嬉しそうに報告してきた。

「そうなんだよ、この一カ月でずいぶん背が伸びたんだ。夜になると体中の関節がギシギシと痛くて眠れないくらいだったんだけど、耐えた甲斐があった。それに、八月のあいだ、おまえもいないしすることがなくて剣の稽古《けいこ》をしていた。ずいぶん筋肉がついたぞ」

そして専属の近衛騎士だとハウエルを紹介された。

「じつは姉の夫で、以前から顔見知りだったんだ。無愛想だけど剣の腕はよくて、どうせ近衛騎士の中から専属護衛を選ばなければならないのなら、ハウエルにしてもらおうと思って陛下に頼んだ」

公私混同をあっさりと暴露《ばくろ》されて驚いたが、ハウエルはその点についてなんとも思っていないのか無表情で頷いている。

その後、式典当日の流れを聞き、それを頭に叩きこんでいるライアンに、ヒューバートはなんでもないことのように言った。

「そうだ、当日、国王陛下から俺の婚約が発表されるから」

「……は……？」

意味がわからなかった。しばらく、ライアンはぽかんと口を開けてヒューバートの顔を眺めていたように思う。

「結婚は一年後の予定だ。俺はまだ早いと思うんだが、ほら、陛下は生涯独身を宣言しているだろう。王太子の俺に早く子供をつくってもらいたいみたいで。母上も早い方がいいと言うし」

ヒューバートは屈託《くったく》ない笑顔でそう話す。

「相手はルアード侯爵の娘、ヒルデガード嬢だそうだ。俺より三つばかり年上だと聞いた。

どうも侯爵は娘をアーネスト陛下に嫁がせたかったみたいだが、そちらは断念して俺になったようだな」

そんなこと、笑いながら話す内容ではない。

急にヒューバートを遠く感じた。これは自分がよく知っているヒューバートだろうか。

あれほど密接な時間を過ごしたのに。四年間も。

結婚。子供をつくる。一年後――そんな単語が頭の中をぐるぐると回る。

視界が暗くなり目眩を覚えたが、横から支えられて無様に倒れることは免《まぬが》れた。ハウエルが「大丈夫か？」と気遣ってくれる。

「どうした？　ライアン、具合が悪いのか？」

「いえ、大丈夫です。一昨日、領地から戻ってきたばかりでしたので、長旅の疲れがまだ少し残っていたのかもしれません」

苦しい言い訳だったろうに、純粋なヒューバートは信じたようだった。

「そうか、ディンズデール地方領まで、馬車で十日ほどかかるのだったな。それは疲れただろう。今日はこのくらいにして、もう帰ってもいいぞ」

「いえ、まだ確認することがいくつかあります。それを済ませてからでなければ帰れません」

「おまえは真面目《まじめ》だなぁ。でも頼もしいぞ。これからよろしく」

ヒューバートの笑顔を、ライアンは直視できなかった。

彼の結婚話に衝撃を受けている自分を認めたくない。臣下として、これほど喜ばしいことはないのだ。悲しんではいけない。

よく考えれば、王族が成人したら結婚するのはごくあたりまえのことだった。ましてやヒューバートは王太子で、現在の国王は独身。愛妾すら一人もいない。ヒューバートに早く世継ぎをもうけてほしいというのは、国王だけでなく国政に携《たずさ》わる重臣たち、国民たちの総意だろう。

まったく予想していなかった自分に、ライアンは呆れていた。

側近にと望まれたとき、「俺にはおまえしかいない」「俺のものになってくれ」という言葉に勘違いした自分を笑ってしまいたい。深い意味はなかったのだ。ヒューバートはそういう意味でライアンを求めたわけではなかった。

すっかり気持ちが通じたのだと思って、浮かれてしまっていた。

そうだ、笑い飛ばして忘れてしまおう。これから側近として王太子を支えていくという、大切な仕事を任されるのだ。私情など入れてはいけない。周囲に頼りない王太子と陰口を叩かれているヒューバートを、立派な王太子にしてみせる。

ライアンはあらためてそう決意し、想いに蓋《ふた》をした。それからは心を殺して、ヒューバートの影となって支えた。求められれば侍従のように身の回りの世話もしたし、疲れすぎて眠れないと言われれば枕元で子守歌まで歌った。

一年後、ヒューバートはヒルデガードと結婚した。十八歳の新郎と二十一歳の新婦。美しく初々《ういうい》しい夫婦は、国中から祝福されて離宮で新婚生活をはじめる。

新婚生活の邪魔はすまいと、ライアンはとうぶんの間、離宮の中まで入ることは避けた。毎朝、ヒューバートを起こしていたが当然それを止め、体調が悪いと聞けば調理師と献立の相談もしていたが、しなくなった。すべては王太子夫妻の生活に出しゃばらないようにするためだった。けれど半分くらいは、仲睦《なかむつ》まじくしている新婚夫婦を見たくなかったからだ。

しかし、王太子夫妻の私生活に踏みこまないようにしていても、見えてしまうものがある。ヒルデガードと夜を過ごした翌朝のヒューバートは、疲れた顔をしていることが多かった。とても新妻との閨事《ねやごと》に満たされた様子には見えなかったが、ライアンは口を出すことを控えた。

王太子妃の妊娠が判明したときのことだ。ヒューバートが心底から安堵したように「これで役目を果たした」と呟いたのを、ライアンは聞いてしまった。

生まれてくる子が男児でも女児でも、ヒューバートは自分の次に玉座に就かせると決意しているようだった。フォルド王国の国王は男性でなければならないと決められているわけではない。数少ないが女王が立った例はいくつかあった。

ヒューバートは国のために結婚して子作りをしたのだ。ライアンは新妻に嫉妬している自分が矮小《わいしょう》で醜悪な人間だとしか思えず、深く反省した。

翌年、男児が生まれた。フィリップと名付けられ、国中が王子の誕生を祝福した。

フィリップは父親似で、明るい茶色の巻毛と茶瞳の愛らしい赤子だった。ライアンはフィリップに夢中になった。空いた時間に世話の仕方を乳母に習い、おしめを替えたりあやしたりした。ヒューバートの子が愛しくてたまらなかった。

愛らしいフィリップを産んでくれたヒルデガードに、感謝でいっぱいだった。

フィリップはみんなに愛され、すくすくと育っていった。

しかし、王太子夫妻の仲は急速に冷えていった。側近としてやむなく離宮に足を踏み入れたライアンは、そばにいながら二人が一言も交わさない場面を見たことがある。フィリップのためにもなんとかならないだろうかと気を揉んだが、夫婦の問題に他人がどうこうできるわけもなかった。

そしてついに一年前、結婚して八年目、フィリップが六歳のときにヒルデガードが離宮を出て実家に帰った。噂では懇意《こんい》にしている男性貴族がいるらしい。ライアンの耳に入るくらいだ、ヒューバートも聞いているだろう。

寝起きの悪いヒューバートを寝室まで行って起こす仕事が、ふたたびライアンに任されるようになった。ヒューバートはまるで結婚前のように、ライアンに甘える。それを真似てフィリップも甘えてくるので、ライアンはどこからどこまでが側近の仕事の範疇《はんちゅう》なのかわからなくなっていった。

ただ、ヒューバートとフィリップに頼りにされ世話を焼いたり、三人でお茶を飲みながらなんでもない話をしたりしているときが幸せだった。このまま永遠に、このときが続いてほしいと思うほどに。

「ライアン、これ、とってもおいしいよ」

隣に座ったフィリップが、皿に載った焼き菓子を差し出してくれる。

「ありがとうございます」

執務が休みの日、離宮の庭の東屋《あずまや》でささやかなお茶会をするのが恒例になっていた。

フレデリカが加わるときもあるが、彼女にも友人がいるし、王太子の母としての付き合いもある。ライアンとヒューバート、フィリップの三人でのんびりすることが多かった。

「こっちも美味《うま》いぞ」

反対側からヒューバートがちがう菓子を差し出してきた。

「そんなに一度に食べられません。フィリップ殿下のおすすめを、先にいただきます」

「おい、つれないな」

ヒューバートが拗ねたように口を尖らせるが、本気で怒っているわけではないのですぐに笑顔になった。ライアンもつられて微笑む。

ふと、ヒルデガードはいまどうしているだろうと考えた。

別居生活はもう一年になるが、正式には離婚していない。ヒルデガードからなにも言ってこないこともあり、ヒューバートはこの問題を先送りにしている。国王に働きかけて離婚の許可をもらうのは大変だからだろう。

「どうしたの、ライアン」

考えごとをしてしまったライアンに、フィリップが小さな手を伸ばして気遣わしげな顔をした。ハッと我に返って微笑んでみせる。

「なんでもないですよ。殿下はお優しいですね」

「そう？　ぼく、やさしい？」

えへへと照れて笑うフィリップに、ライアンは蕩《とろ》けそうになる。七歳の頃のヒューバートを知らないが、フレデリカは「息子が幼いころによく似ている」と言う。きっとこんなふうに愛らしかったのだろう。

「おい、俺も優しいぞ」

横からぐいと顔を突き出してくるヒューバートに、ライアンはつい笑ってしまった。

「はいはい、優しいですね」

「おい、はいは一回だろ」

そう言いながら笑っているヒューバートを、愛しいと素直に思う。

ヒューバートがライアンに寄りかかってくる。腰に腕を回してきた。

「重いですよ」

「そんなに体重かけてないだろ」

ライアンの肩に顎《あご》を載せて、ヒューバートは目を閉じる。

「以前から思っていたが……」

「はい？」

「おまえ、いつもいい匂いがするな」

「そうですか？　とくに香水はつけていませんが」

「じゃあ体臭か？　不思議と、安心できる匂いだ」

眠そうな声のつぶやきに、ライアンはドキリとする。そんなふうに感じてもらえて嬉しいと思いながらも、調子に乗ってはいけないと自分を戒《いまし》める。

「父上、眠いの？」

「んー、ちょっとな」

「おとななのに、昼寝するの？　しかたがないね」

フィリップがクスクスと笑う。父親がライアンに甘える姿が日常になっているので、またいつものことかと流している。

「じゃあ、ぼくもライアンのおひざで昼寝したい」

フィリップが移動してきて、ライアンの膝に上がろうとしてきた。いくら幼児でもライアンの膝に乗るには無理がある大きさになってきたフィリップを、ヒューバートが「おい」と制した。

「もう乗れないだろう。やめろ。ライアンの足が潰れる」

「がんばればできると思う」

「頑張らなくていい。そもそもライアンは俺のものだ」

「そんなこと、いつきまったの」

「俺の側近だ」

「たしかに側近だけど、ライアンは父上だけのものではありませんよ。ぼくのものでもあるはずです」

「なんだと?」

「ね、ライアン」

にこっと天使のごとく微笑まれて、ライアンはつい「そうですね」と頷いてしまった。

「おいおい、ライアン。俺はおまえを息子と共有するつもりはないぞ」

「申し訳ありません」

「それはなにに対しての謝罪だ」

ヒューバートがまた拗ねたように口を尖らせる。フィリップが真似して唇を突き出した。

お茶のお替わりを運んできた侍女たちが、おかしそうにクスクスと笑っている。

平和な休日の午後。ライアンは両手に花ならぬ、両手に殿下という状態で、終始笑顔だった。

そんなふうに日々は流れていき、ライアンがヒューバートの側近になってから、いつしか十年の歳月が過ぎていた。

ライアンは二十六歳になった。ヒューバートは二十七歳。もうあまり頼りないと言われなくなった。この十年、彼なりに真面目に執務に取り組んできたし、遅めの成長期が来て平均以上の体格になったことも大きいだろう。日々の積み重ねがヒューバートの自信になったのか、静かに座っているだけで威厳を感じるようになってきた。

七歳になったフィリップは、そろそろ予備学習がはじまる。その後、十歳か十一歳くらいになると王立学院に入学するのが、王族と貴族の子息たちの習慣だ。

フィリップは利発な少年で、学ぶことが嫌いではない。きっと楽しみながらさまざまなことを勉強していくだろう。学院では年齢の近い少年たちと交流し、信頼できる友人を見つけてほしい。彼ならきっとできるはず。

「お帰りなさいませ、ライアン様」

「ただいま」

屋敷に帰宅したライアンの顔色を見て、有能な執事は夕食の献立を変更することもあるらしい。自分でも疲労を感じている日は、なにも言わなくともそれを感じ取ったギルバートが素早く厨房《ちゅうぼう》に伝え、滋養《じよう》のある食材を使った食事を作らせたり、心地よい眠りに作用するという薬湯を出してくれたりする。

今日は難しい仕事はなかったし、ヒューバートもあまりわがままを言わなかったので、それほど疲れていない。ギルバートが厨房へ急ぐことがなかったことからも、自分の状態がそれほど悪くないとわかる。

「ライアン様、お手紙が届いています」

部屋着に替えて一息ついたところでギルバートがトレイを差し出してきた。その上に封書がある。手に取ると、フィンレイからだった。

定期的にフィンレイは手紙を送ってくれる。内容は領地での出来事や家族の様子の報告だ。ライアンはあまり筆まめな方ではなく、しかも仕事が王太子の側近という特殊なものなので守秘義務もあり、あまり手紙は書かない。けれどフィンレイはそれを咎《とが》めることなく、領地のことをこうして知らせてくれる。おかげで、もう何年も帰省していないのに、故郷のことが手に取るようによくわかった。

ありがたいと思いながら、丁寧に綴《つづ》られたフィンレイの文字を読んだ。

フレデリックとフィンレイは年に一度か二度、国の公式行事に出席するために王都へやってくるので顔を合わせる機会があるが、みんな変わりなく元気なようだ。従弟のジェイとキースは独自路線を貫き、それぞれの分野で活躍している。ジェイが若手芸術家たちのために手掛けた美術展と、キースが建設に尽力した劇場をぜひ見てみたい。

　あの小さかった二人が成人し、芸術振興のために活躍しているなんて信じられない。素晴らしいことだ。

　そんな思いが顔に出たのか、ギルバートが「一度、休暇をお取りになってはいかがでしょうか」と言ってきた。

「休暇？　帰省するということか？」

「そうです。ライアン様はこの十年間、一度も帰省しておられません」

「しかし、ディンズデール地方領は遠いぞ」

「ですから、長期休暇です」

「長期休暇か……」

　故郷の風景を思い出すと、懐かしくてたまらなくなる。学院を卒業した十六歳の夏に帰省して以来、ライアンは一度も故郷に帰っていなかった。

　側近の仕事とは、『王太子になにかあったときにすぐ駆けつけられる場所にいなければならない』ことだと思い、馬車で片道十日もかかるディンズデール地方領まで行こうとはしなかった。ヒューバートは一度も「里帰りするな」とは言っていない。ただ、ライアンがいざというときに駆けつけられる場所にいたかっただけだ。それだけライアンはヒューバートのために働けることが嬉しく、毎日が充実していた。

だが、頼りなかったヒューバートももう大人になり、ライアンが常に支えてあげなければならない王太子ではなくなった。それに、ライアンがヒューバートのために選りすぐった王太子付きの文官たちは有能なので仕事は滞《とどこお》りなく回るだろう。

しかし片道十日、往復で二十日、滞在日数を最低五日としても、一カ月近くも休みを取らなければならない。現実的ではなかった。そんなに長い間、ヒューバートから離れるなんて考えられない。単にライアンがいやなのだ。ヒューバートのそばにいたい。

「……休暇は取らないよ」

フッと笑って手紙をトレイに戻した。書簡はすべて、ギルバートが仕分けして書斎に保管してくれる。

「私はここにいる」

ギルバートを見ると、わかっております、といささか呆れた感じの表情で頷いている。

言葉にしなくとも、ライアンの気持ちをギルバートは察していた。ヒューバートへの特別な想いも、葛藤《かっとう》も、なにもかも。

彼もまた、黙って主人を支える働き方をする男だった。

◇

ヒューバートは側近に起こされることを、毎朝の楽しみにしている。

たとえ起床時間前に目が覚めていようとも、侍従が目覚めを促しに声をかけようとも、彼がやってくるまで寝台から降りない。

「殿下、起きてください。もう朝ですよ。フィリップ殿下はもう朝食をとっていらっしゃいます。父親であるあなたが寝坊していては示しがつかないでしょう」

そんなふうに叱られるのが嬉しいと言ったら、たぶん正気を疑われるだろうが。

側近はライアンといって、王立学院時代の学友だ。ヒューバートはライアンとは無二の親友だと思っている。彼はとても真面目な男で、そして優しかった。

「おはようございます、王太子殿下」

寝室に入ってきたライアンは、いつもすぐに窓のカーテンを開けはじめる。その姿をちらちらと薄目で眺めながら、背筋がぴしりと伸びた姿勢がいいなとか、あいかわらず朝から可愛い顔を凜々しく引きしめているなとか、ヒューバートはのんびりと感想を抱く。

「起きてください、もう朝食の時間です」

応じないでいると寝具の上から肩を揺すられる。

「んー、もうすこし寝かせてくれ」

「ダメです。もう時間がぎりぎりです」

そう言いながらも、ライアンはヒューバートを無理やり起こそうとはしない。きっと頭の中で、もしこれ以上時間が押したらどの予定をずらそうとかナシにしようとか考えているにちがいない。いつだってライアンはヒューバートの気持ちを優先してくれる。

「なんだか体が怠いような気がする」

「えっ」

もっとライアンに構ってもらいたくて嘘を言ったら、すぐにヒューバートに覆い被さってきた。白くてほっそりとした手が額に当てられる。

「熱はないようですが、倦怠感だけですか？　喉に違和感があるとか、頭が痛いとか、体の節々が痛むとか、ありませんか？」

「胸が痛い、ような気がする」

「胸ですか？」

「撫でてくれ」

「すぐに医師を——」

「撫でてくれれば治る」

ライアンの腕を取り、ぐいっと引っぱった。同時に寝具をめくり上げてライアンの体を中に入れてしまった。目を丸くしているライアンに、ヒューバートはにっこりと笑ってみせる。

「撫でてくれ。そうすれば起きるし、仕事を頑張る気力が湧くかもしれない」

「私を騙《だま》しましたね」

ライアンがムッと唇を歪ませ、目を眇《すが》める。怒っても迫力を感じないのは、ヒューバートがこの顔を好きだからだろうか。

「なあ、撫でてくれよ」

「どうして私が健康な殿下の胸を慰撫《いぶ》しなければならないのですか。離してください」

「いやだ」

寝具の中で、もがくライアンを抱きこむ。初対面ではヒューバートの方が小柄だったが、成人したころから急激に身長が伸びて体格は逆転した。腕の中にすっぽりとおさまる大きさのライアンが可愛い。

「離してください、暑いですっ」

頬を赤くして逃れようとするライアンだが、ヒューバートにケガをさせてはいけないと思ってか、手加減している。そういうところも可愛い。

「暑いなら脱げばいい。ほら、俺が脱がしてあげよう」

「なにを言っているのですか！」

ますます顔を赤くしたライアンがわなわなと震えはじめたので、ヒューバートはこのへんで勘弁してやろうと腕の力を抜いた。それを察したライアンは、急いで寝台から出て行く。乱れた髪や服装を慌てて整える様子を、ヒューバートは横たわったままの姿勢でニヤニヤしながら見守った。

「以前はお泊まり会なんかしていっしょに寝た仲じゃないか」

「何十年前の話ですか」

「たった十年前のことだ」

「いえ、十年と九カ月前です。ほぼ十一年前です」

「よく覚えているな。いつも数えているのか？」

何気なく発した疑問に、ライアンが耳まで真っ赤になった。

「いつも数えているわけではありません」

頬を赤く染めたままでキッとヒューバートを睨《にら》んできたライアンは「殿下はお目覚めです」と扉の外側で待機している侍従たちを呼び入れた。

わらわらと寄ってくる侍従たちに世話を焼かれながら、寝室を出て行くライアンを目で追う。わずかに、いつもの足取りより荒っぽいかもしれない。ヒューバートのおふざけに動揺してしまったことを反省しているのか。

ライアンが出て行ってしばらくすると、寝室にハウエルが入ってきた。そのころには仕事が早い侍従たちによってヒューバートは着替えを終えている。

「殿下、あんたの側近が不機嫌そうだったが、またなにかしたのか？」

「ちょっとふざけただけだ」

「いくら可愛くても、構いすぎると嫌われるぞ」

フッと笑ったハウエルを、ヒューバートは横目で見た。

「まさか、おまえもライアンを可愛いと思っているのか？」

「睨むな。思っているわけがないだろう。あれは殿下のものだし、俺の趣味じゃない」

「そうだな。義兄上はあの姉がいいという変わった趣味の人だった」

「義兄上なんて呼ぶな」

「事実だ」

ハウエルが不愉快そうに顔をしかめたので、ヒューバートは機嫌を治した。

五歳年上の近衛騎士のハウエルとは、身分も年齢も超えた友人関係を築いている。姉のヴィクトリアの婚約者として会ったのが最初だが、そのときから妙に馬が合う男だなと思ったのだ。それに職務に忠実で、剣の腕は近衛騎士団一だという。

さらにヒューバートが一番重要視している条件にも適合している。ライアンとほどよく距離を取れているという点だ。

ヒューバートがあきらかに特別扱いしている側近に対して、無駄な敵愾心《てきがいしん》を抱いたり妬《ねた》んだりしないし、逆に取り入ろうとして強引に親しくなろうともしない。ハウエルはあくまでも護衛としての立場を逸脱《いつだつ》せず、ときにはヒューバートの友人として助言をしてくれることもあるが、ライアンとは適切な距離を保っていた。あの性格に難があるじゃじゃ馬の姉とうまく結婚生活を送っているだけあって、非常に頭がいい男だ。ハウエルは、十数名いる王太子専属の近衛騎士をうまく率いてくれている。

身支度を整えてハウエルとともに自室を出ると、廊下でライアンが待っていてくれた。もう頬の赤味はおさまっていたが、ツンと澄ました顔には「まだ許していません」と書いてある。拗ねたライアンも非常に可愛い。

食堂へ移動すると、フィリップがちょうど朝食を終えたところだった。

「父上、おはようございます」

今日も元気いっぱい、健康的な明るい笑顔をふりまいて挨拶してくる。休日以外は朝食と夕食のときしか顔を合わせない。休日もたいして時間を共有しているわけではないのに、フィリップはヒューバートをとても慕ってくれていた。

「フィリップ殿下、今朝は残さず食べられましたか」

ライアンが微笑みながら声をかける。フィリップは「食べたよ」と胸を張って答えた。

「お野菜に、嫌いなものがあったけど、がんばって食べた」

「それはすごいですね」

「だってライアンが、好き嫌いしていたら父上みたいに立派な王太子になれないって言ったから」

ちょっともじもじしながらフィリップがヒューバートを見つめてくる。自分が立派な王太子になれているのかどうか不明だったが、後ろからライアンが背中を突いてくるので話を合わせた。

「そうだな、この調子で好き嫌いをせずになんでも食べられたら、立派な王太子になれるだろう」

「はい、がんばります、父上」

フィリップはぴんと背筋を伸ばし、頬を紅潮させた。ライアンがするっとフィリップの横まで進み、「このあとお勉強の時間ですよね？　お部屋までお送りしましょう」とまるで褒美《ほうび》のように傅く。

「ほんと？　ライアンがぼくの部屋まで来てくれるの？」

小躍りしそうなほどフィリップは喜び、ライアンと手を繋いだ。キャッキャしながら食堂から出て行く息子と側近を見送り、ヒューバートは目を眇める。

口が裂けても羨ましいとは言いたくない。七歳の息子と張り合いたくない。しかし、正直に言えばぜんぜんおもしろくなかった。

「殿下、凶悪な顔になっているぞ」

ぼそっとハウエルが教えてくれて、ヒューバートは我に返った。

「息子に嫉妬してどうするんだ」

「べつに嫉妬したわけではない」

「どうだか」

ヒューバートが朝食を終えたころに、ライアンが食堂に戻ってきた。フィリップを部屋まで送っていっただけにしては、時間がかかっている。なにかをして遊んできたにちがいない。朝からライアンに相手をしてもらうなんて、息子ながら羨ましい。ヒューバートは寝起きにライアンを寝台へ引っ張りこんだことを棚に上げ、そんなことを思った。

「殿下、お食事がお済みでしたら、すぐにでも出かけましょう。もう時間がぎりぎりです」

真面目なライアンに急《せ》かされて、ヒューバートは外で待っていた馬車に乗った。

王城内にある王太子の執務室へは馬車で移動する。王城の敷地は広く、徒歩で行くには遠かった。少々時間がかかる出勤が面倒ではあったが、ライアンはヒューバートとともに馬車に乗るので二人きりになれる。貴重な時間だった。

いつもこの移動中にライアンがその日の予定を読み上げて確認する。ライアンの声は耳に心地いい。ヒューバートはつい陶然と聞き惚れてしまう。

「本日は以上です。よろしいですか？」

あまり聞いていなかったが、ヒューバートはとりあえず「わかった」と頷いた。ライアンが組んだ予定に難があるわけがない。けれどライアンは不審げな顔つきになる。

「ちゃんと聞いていましたか？」

「聞いていたとも。ただおまえのきれいな声は俺をうっとりさせる。罪だな」

「ふざけたことを言わないでください」

ほんのりと目元を赤く染めて、ライアンが優美な眉を歪める。

「知っているだろうが、おまえの顔も俺は気に入っているぞ。だれよりも」

調子に乗ってつけ加えたら、ライアンが怒った表情になった。けれど耳が赤くなっている。本気で怒っていないとわかる反応が、本当に可愛い。

「いま、そんな話はしていません」

「うん、そうだな。余計なことを言ってしまった。でも俺がそう思っていることは、覚えておけよ」

「くだらない話は記憶に残らないかもしれません」

「だったら、一日に何回でも言おう。おまえが覚えられるまで」

「結構です」

「俺は言いたいのだが」

「だから、結構です」

「そうか？　覚えていられないのだろう？」

「いえ、もう覚えました。だから何度も言わなくていいです」

頬が赤くなってきたライアンは、困ったように視線を逸らしている。

「俺の側近は可愛いな」

「私は可愛いと言われるような歳ではありません」

うっかり心の声が口から出てしまった。憤慨したように言い返してくるライアンが、やはりどうしようもなく可愛かった。

学院時代から数えると十四年もそばに居続けてくれているライアンと、宝物のような息子のフィリップ、信頼しているハウエルと穏やかな性格の母——。王太子としての責務は容易《たやす》くこなせるものではないが、支えてくれるライアンと文官たちのおかげで問題なく務めることができている。

唯一、問題があるとすれば、妻のヒルデガードのことだ。

離宮を出て行って一年になる。実家の侯爵家は娘が出戻ってきて困惑しているようだが、拒絶して路頭に迷わすような真似はしていないので任せていた。懇意にしている青年貴族がいるという話は信憑性《しんぴょうせい》が高いようで、ヒューバートとしてはこのまま恋人とうまくいってくれればいいと思っている。

結婚当初から、夫婦の仲はあまりよくなかった。ヒルデガードは名家の令嬢にありがちの高慢な性格で、なんとか歩み寄ろうとしたヒューバートを受け入れなかったし、ライアンの存在を煙たがった。

それでも義務として子作りに励み、フィリップを授かった。

息子を産んでくれたことには感謝している。けれどそれだけだ。育児を乳母に任せきりなのは高貴な女性にはよくあることなので問題はない。しかしヒルデガードはライアンがフィリップの世話をするのを嫌がったと聞いて、腹が立った。

ライアンは純粋にフィリップを可愛がろうとしただけだ。ヒューバートに尽くしてくれているから、その子供を愛しいと思うのは当然だろう。大切な我が子を、側近が慈《いつく》しんでくれることのなにが悪いのか。

ヒューバートはヒルデガードに優しくできなくなった。どれだけ冷たい態度を取られても我慢していたが、それをやめた。夫婦としての努力をやめたヒューバートに、母のフレデリカは苦言を呈してきたが聞き入れなかった。

ライアンを受け入れない妻など必要なかったのだ。

結婚したのは、それが王太子の義務だと教えられて育ったからだ。それ以外にない。

前王の王妃が産んだ王子が立て続けに不祥事を起こし、さらに王太子が落馬事故で不幸にも亡くなった十歳のとき、ヒューバートは急に次期王太子最有力候補となった。そのころから、成人したら良家の令嬢と結婚して子を成すことが義務だとくりかえし言い聞かされた。

だから十七歳になってすぐ婚約し、十八歳で結婚した。疑問に思わなかった。義務を果たせば、母親だけでなく周囲の者たちも喜ぶだろうとしか考えていなかった。

しかし、新婚生活は思い描いていたものとはかけ離れていた。

妻となったヒルデガードは、もともと国王アーネストの花嫁候補として名前が挙がっていたらしく、ヒューバートとの結婚に乗り気ではなかった。気位《きぐらい》ばかりが高くて人見知りで、ヒューバートと打ち解ける気がまるでない侯爵令嬢をどう扱っていいのか、まるでわからなかった。

それでもこれから夫婦として暮らしていくわけだから、自分なりに努力した。

母フレデリカは前王の七番目の愛妾だったが、すでに高齢にさしかかっていた前王は母を最後の愛妾と決めていて、足繁く離宮に通ってくれ、とても仲がよかった。ヒューバートの知る夫婦とは前王と母のことで、仲睦まじくおしゃべりをしては見つめ合いくちづけをする二人のことだ。それが理想だった。

けれどうまくいかなかった。夫婦の片方だけが努力しても意味がないと、しばらくして気づいた。

もっと最悪だったのは、ライアンが離宮に来なくなったことだった。

ハウエルにライアンはどうして来ないのかと尋ねたら、呆れた顔をされた。

「当然だろう。殿下はもう結婚したんだ。新婚夫婦の生活圏にずかずかと入っていけるほど、あの男は神経が太くない」

結婚とはそういうものだと訳知り顔で言われ、ヒューバートは愕然とした。

ライアンとは王太子の執務室でしか会えなくなった。本来の側近とはそういうものだし、彼の態度は結婚前と変わらなかったが、ヒューバートは寂しくて仕方がなかった。

結婚するまで、ライアンとはなにもかもわかり合えていた。ヒューバートがなにかに困れば、すぐに手を差し出してくれて、助けてくれた。なにかをやり遂げれば褒めてくれたし、笑ってくれた。

ヒルデガードが嫁いできたとたんにライアンが遠い存在になったのが、ヒューバートは辛かった。それは当然のことだったのに、納得できなかった。だからヒューバートはライアンを呼びつけ、いままで通り離宮に来るようにと命じた。けれどライアンはヒューバートの部屋まで入ることは断ってきた。フィリップの遊び相手にはなるが、ヒューバートの私生活には踏みこまないと。ライアンの頑なな態度に、ヒューバートは落胆した。

だからヒルデガードが離宮を出て行ってからのこの一年は、とても満足のいく生活が送れていた。ライアンはふたたびヒューバートの寝室まで入ってきて起こしてくれるようになり、侍従といっしょになってあれこれと世話を焼いてくれる。

離宮の庭でフィリップと三人でおしゃべりに興じてくれ、輝く笑顔を見せてくれるようになった。

ライアンが愛しい。大切なのは、フィリップとライアンだけだ。

このままの生活が平穏でいい。願いはそれだけだった。

ある日、ヒューバートは国王アーネストに呼び出された。

一人で国王の執務室へ行く。

「やあ、ひさしぶりだな、ヒューバート」

代々の国王が使っていた執務机に、アーネストはいた。ヒューバートの腹違いの兄の子であるアーネストは、現在三十四歳。艶やかな金髪と緑色の瞳は十代のころから変わらずに美しく、整った目鼻立ちとシミのない白い肌、ほっそりとした体格は、とても三十代半ばには見えない。

「おひさしぶりです」

ヒューバートは軽く頭を下げ、アーネストの横に立つ騎士にも目礼した。国王の専属護衛であるテレンス・タイラーだ。四十代半ばになるはずだが屈強な体に年齢的な衰《おとろ》えはなく、近衛騎士団の団長でもある。国王の愛人であることは、周知の事実だった。

ヒューバートはタイラーの声をあまり聞いたことがない。寡黙《かもく》な男で、いつも黙ってアーネストの横に侍《はべ》っている。

「わざわざ君にここへ来てもらったのは話があったからだ」

「なんでしょうか」

アーネストはにっこりと笑って、執務机の前に立つヒューバートを見上げてくる。

このフォルド王国の第二十代国王のアーネストは、歴代の賢王に比べて目立つ政策を打ち出してはいないが、玉座に就いてからの十数年間の国政を無難にまとめあげている。強烈な個性で国を引っぱっていく性格ではなく、やんわりとゆっくりと地味ながらコツコツとものごとを改善していく力があった。

ヒューバートは国王としてのアーネストを評価している。彼が「生涯独身」という宣言を周囲に納得させるために努力していることは、説明されなくともわかっていた。

「気を悪くしないでくれるとありがたい。私が興味本位で聞いているとは思わないでくれ。不躾《ぶしつけ》だが、王太子妃との関係はどうなっている？」

単刀直入に問われて、ヒューバートは内心、とても驚いた。アーネストにこんなことを質問されたのははじめてだった。だが、なぜこんなことを聞かれたのか、すぐに思いいたった。

「……正直に申し上げると、夫婦仲はよくありません。出て行った妻とは、まったく連絡を取りあってはいません」

いまここで嘘をついても、おそらくアーネストは本当のところを侍従なりなんなりから聞いて知っていると思われる。だからこその質問だ。

「そうか……。今後、改善の余地はあるか？」

「ありません」

きっぱり言い過ぎたのか、アーネストが驚いたように軽く目を見張った。

「陛下が俺に第二子を望んでいるということでしょうか」

「ああ、まあ、そうだね……」

「無理だと思います。フィリップで精一杯ですよ、我々には」

不敬だとわかっていても、ヒューバートは不快な気持ちを隠しきれない。アーネストは目を伏せて、しばし黙った。そして意を決したように顔を上げる。

「ヒューバート、側妃を娶《めと》る気はないか」

「え？」

「王太子の子が一人だけでは心許ない。できれば複数人、もうけてほしい」

アーネストは執務机の上に、何枚かの書類を出した。側妃候補がもう選んであるという。

「これに目を通しておいてくれないか。国内有数の貴族から選んだ。事前に会ってみたいのならば、こちらで席を用意する。もし現在、親しい女性がいるならば教えてくれ。身分の釣り合いが取れないようなら、どこかの貴族に養女として——」

「俺に子供を作るためだけに、側妃を娶れと言うのか」

ムカムカと胃のあたりに熱くて気持ちの悪いものがこみ上げてくる。全身の血が逆流して、体の中に嵐が吹き荒れそうだった。

「俺を馬鹿にしているのか！」

ヒューバートは衝動的に、机に拳を叩きつけていた。タイラーが腰の剣に手を乗せ、いつでも抜けるように構えた。アーネストが慌ててタイラーに「抜くな」と命じる。

「ヒューバート、君の怒りはもっともだ。申し訳ない。しかしこれは私だけの考えではない。先日の議会で重臣たちから提案があった。君の舅であるルアード侯爵は反対していたがね」

アーネストは怒りも露わなヒューバートに気圧されることなく、穏やかな口調を崩さない。十数年も大国の玉座に就いていただけの胆力はある。

「とりあえず、この書類を持ち帰って目を通してくれないか。候補者はみな、良家の令嬢だ。君が気に入る娘がいるかもしれない」

「俺が側妃を娶るのは、ほぼ決定しているということですか」

「……申し訳ない」

「あんたは勝手に男を伴侶と決めて、世継ぎの責任をすべて俺になすりつけた！　やっとの思いでつくった一人息子を、俺は大切にしている！　フィリップ一人でじゅうぶんだ。これ以上、子供はいらない！」

正面からアーネストに怒鳴りつけた。不敬だと罰せられても、痛くも痒くもない。これがヒューバートの本音だ。

しばしの沈黙のあと、アーネストがひとつ息をついた。候補者の書類を封筒に入れ、ヒューバートに差し出してくる。この件について国王側が折れることはない、という意思表示だろう。当事者であるヒューバートがなんと言おうと。

酷い無力感に苛まれながら、ヒューバートはその封筒を受け取った。

「……いいでしょう……側妃を受け入れます。いくらでも子供を作ってみせますよ。愛がなくとも、俺は女を抱けますからね」

強烈な皮肉を言ったつもりだったが、アーネストがまったく顔色を変えないことにがっかりした。愛する騎士を死ぬまで守ると決意した、外見からは想像できないほど固い鉄の意志を持った国王が、そこにいた。

ヒューバートは踵を返し、無言で部屋を出た。

苛立ちそのままに大股で早足で廊下を歩く。王太子の執務室まで、駆けるようにして戻った。扉にぶつかるようにして開けて部屋に飛びこむと、ライアンが驚いて振り返った。

「お帰りなさいませ。殿下」

ヒューバートはライアンの顔を直視できなかった。封筒を執務机に叩きつけ、倒れこむように椅子《いす》に座る。

「どうかしたのか、殿下」

ハウエルにも心配され、ヒューバートは不本意であることを隠しもせずに話した。どうせすぐに話は王城中に知れ渡る。ここで隠していても意味はない。

「陛下から、側妃を娶れと命じられた」

ひゅっとライアンが息を呑んだ。碧い瞳を見開いて、唖然としている。

「側妃？　側妃を娶る？　殿下が、ですか？」

「そうだ。俺がだ」

封筒の中のものを机に広げ、ヒューバートは一枚ずつ読んでいった。たしかに、名家の令嬢ばかりだ。きっとみんなヒルデガードのように美しく、気高いのだろう。

「陛下は、まるで国民の総意のように言ったぞ。俺にもっと子供をつくれと、よくあの口で言えたもんだ」

「それは、決定事項ということですか」

ライアンが確認してきたので、ヒューバートはため息をつきながら頷いた。

「こんなふうに側妃候補の令嬢の名前が用意してあったということは、俺が拒んでも話は勝手に進んでいっただろうな」

「そんな……」

ぐらりと体を傾けたライアンが、虚ろな目になっていた。

「ライアン？」

「……側妃はどこにお住まいになるのでしょうか……」

「ヒルデガードが戻ってくる気がないのなら、離宮でいいだろう」

「離宮……」

「とはいえ、正妻の部屋にそのまま住まわせるわけにはいかない。改装か、それとも部屋を増築するか」

離宮の間取りを頭に思い浮かべ、ヒューバートは母親と息子の部屋と生活に要する動線について考えた。家具を入れ替え、侍女も増やさなければならない。

国王は離宮に必要な予算を出し渋ることはないだろうが、住人が増えればあれこれと雑事が増える。それを考えただけで憂うつになった。

面倒くさい。なにもかもが面倒くさい。なぜいまのままではいけないのか。

ヒューバートの後継はフィリップだけでいいではないか。なにが心許ないだ。自分は愛人の騎士と愛の日々を送っておきながら。

アーネストへの苛立ちがどんどん募《つの》ってくる。

「もうどうせなら、二人か三人、一度に娶ろうか。そうすれば、どちらかが孕むだろう」

もし娶った側妃が孕まなければ、また追加で娶れと言われるだろう。もうだれでもいい。女であれば、だれでも。面倒事は一度ですましてしまおう。

自暴自棄《じぼうじき》になっている自覚はあった。ヒルデガードとはフィリップを身籠《みごも》ったころから閨事がない。つまり七年以上もそうした行為とは無縁になっていたが、ヒューバートは他に愛妾を持とうとはしなかった。若さゆえに性欲はあったが、だれかで発散しようとは思わなかったのだ。たまに自分で処理するだけでよかった。自分の父親は何人も愛妾をつくっていたのに、ずいぶんと似なかったものだ。

もう長いこと性交していないが、まだ二十七歳。役立たずにはなっていないだろう。さっさと子作りをして、何人か生まれれば、こんどこそなにも言われなくなるはず。

ヒルデガードの父親が反対しているそうだが、そちらの機嫌を取るために国王の要請を拒むことはできない。これが最後の苦行だと割り切り、ヒューバートは候補者の中から、とりあえず二人選んでみることにした。

「よし、決めた」

「もう決めたのか。自棄《やけ》になっていないか？」

ハウエルが顔をしかめたので、「なっていないように見えるか？」と半笑いで返した。

「こんなこと、まともな神経ではやっていられん。ターナー公爵家のコーデリア嬢と、ライト伯爵家のルシアンナ嬢だ」

「一度に二人も？　それは豪勢だな。おまけに二人とも十八歳か。若い」

手元の書類を覗きこんできたハウエルが軽い口調で言ったとき、ガタンと音がした。ライアンが自分の机に手をつき、俯いている。

「どうした？」

「ちょっと立ちくらみが……」

ヒューバートは慌ててライアンに歩み寄り、椅子に座らせようとした。顔を覗きこむと血の気が失せている。朝は体調不良の兆候は見られなかったが、よく見れば顔色が青白くなっている。

「顔色がよくないな。座っていろ。すぐに医師を呼ぶ」

「いえ、そこまで重篤ではありません。大丈夫です」

「なにが大丈夫なもんか。ひどい顔色だぞ。座っているのが辛ければ、奥の休憩室で横に

なっていろ。俺が呼べば医師はすぐに来るから」

隣室では王太子付きの文官たちが事務仕事をしている。だれかに医師を呼びに行かせよ

うと思ったが、ライアンが制止してきた。

「殿下、医師は不要です。やめてください」

「だが――」

「王太子の執務室に医師など呼んだら大事になります。私はこのまま早退させてください」

「早退？　もちろん具合が悪いなら帰ってもいいが、少し休んでいったほうが……」

「いますぐ帰らせてください。お願いします」

俯いたままライアンがそう言い張るので、ヒューバートは許すしかなかった。けれど心

配だったので文官に声をかけ、帰りの馬車に乗るまでライアンに付き添うように命じる。

本心としては自分がライアンをディンズデール家の屋敷まで送っていきたかったが、そんなことを言ったら今日の分の執務はどうする、とライアンに叱られるに決まっているので諦めた。

文官に支えられながら廊下をよろよろと歩いて行くライアンを見送り、ヒューバートは執務机に戻る。思い返してみればライアンが体調を崩すことはめったになかった。自身の体調管理も側近の役目とばかりに、食事や睡眠などにかなり気を遣っているからだ。

「俺が陛下に呼び出されているあいだ、ライアンは具合が悪そうだったか？　朝は元気だったよな？」

ハウエルに尋ねてみると、彼は軽く驚いた顔でヒューバートを見つめてきた。

「殿下、それは本気で言っているのか？」

「え？」

なにを問い返されたのかわからず、ヒューバートはきょとんとした。ハウエルは眉間に皺を寄せて、ため息をつく。

「具合が悪そうには見えなかった……」

「そうか。では急に体調が悪くなったのか。医師をディンズデール家に向かわせるように命じておいた方がいいかな」

「必要ならば執事なりなんなり、ディンズデール家の者が対応するだろう」

命じた。

うに、と伝えておこう。ヒューバートは文官に伝言を託し、ライアンを追いかけるように

ライアンが心配だ。とりあえず、明日になっても体調が芳しくなければ無理せず休むよ

「それはそうだが」

◇

ヒューバートが側妃を娶る――。

衝撃的な話にライアンは動揺してしまい、とてもまともに仕事ができる状態ではなく

なったため早退を願い出た。

いつもよりかなり早く帰宅したライアンをギルバートは心配してあれこれと世話をしよ

うとしたが、「なんでもない」と自室から追い出した。

ひとりでゆっくりと考えているうちに、ライアンの中で諦めがついてくる。

（しかたがないことだ。陛下が、殿下にもっと子を持つようにと望むのは、当然のこと。

どうしていままでそれに思いいたらなかったのか……）

フィリップがあまりにも順調に成長していたから、これでいいと思いこんでいた。ヒル

デガードには悪いが、ヒューバートがまったく気持ちを向けていないことで安心しきって

いたこともある。

前国王の血を引いていながらヒューバートは特別に女好きというわけではない。けれど夫婦仲がうまくいっていなければ、立場上、側妃を持つ可能性はあった。

(王太子殿下の唯一の側近でありながら、そんな簡単なことを思いつかなかったなんて、私の落ち度だ)

思いついていれば、いつか来る日に向けて心構えができていただろう。無防備だったからこそ、これほどまでの衝撃を受けている。ヒューバートの前でひどい醜態を晒してしまった。体調を気遣ってくれたヒューバートは、なぜライアンが急に顔色を悪くしたのか、原因に気づいていないだろう。彼はそういう人だ。

ハウエルには気づかれたにちがいない。彼は聡《さと》い男だ。以前からなんとなく察していたようだったから、今日で確信したかもしれない。余計なことをヒューバートに話さないという賢明なところがあるので、考えなしに告げるような真似はしないと思う。

(側妃……二人も……)

ターナー公爵家とライト伯爵家の令嬢。二人とも十八歳ですでに成人しており、社交界にデビューしている。ライアン自身はなんとなく顔を思い出せるというていどだが、二人ともが良家の淑女《しゅくじょ》としてきちんと教育を受けてきた令嬢なのはわかる。

このまま輿入《こしい》れが果たされたら、王太子の側妃として立派に務めを果たしてくれることだろう。家柄からいけばターナー公爵家のコーデリア嬢が正妃の代理として公式の場に出ることになるのだろうか。

　まだ十代の側妃二人が公務を割り振られたとき、たぶんライアンは側近として近くで見守ることになる。ヒルデガードと結婚した当初もそうだった。王太子妃としての公務を、ライアンがいくつか補佐をした。

　けれど彼女はすぐにフィリップを身籠もったため公務を免除され、出産後もなかなか体調が戻らないことを理由に公の場にあまり出なかった。そのおかげ――といってはいけないが、ライアンはヒルデガードとはそれ以上の交流がなかった。ヒューバートとの仲も悪く、ライアンは関わろうとしなければ他人事として処理することができた。

　今度はどうだろうか。ライアンは耐えきれるだろうか。

　ヒルデガード一人でもヒューバートの隣にいる光景を目にすることが辛かったのに、側妃は二人もいる。思いがけず相性がよく、気が合い、側妃とは仲睦まじく暮らすかもしれない。次々と子供が生まれるかもしれない。

　いまはライアンとヒューバート、フィリップの三人で穏やかに過ごす離宮の庭に、若くて煌《きら》びやかな側妃二人と、何人もの元気な王子王女たちが駆け回る日が来るかもしれない。

　幸せそうに微笑むヒューバートを、自分は離れたところから静かに見ていることができるのか。

想像しただけで胸が引き絞られるように痛くて、ライアンは息が苦しくなった。

フィリップの世話をした実績があるライアンを、ヒューバートが頼りにしないとは思えない。きっと離宮の中へと招き入れられ、乳母とともに子供たちの相手をするように望まれるだろう。

側妃たちの前で、笑顔でいられるだろうか。ヒューバートが側妃の一人を、いや二人を抱きよせて愛しそうにくちづけるところを見せられたら、冷静でいられるだろうか。

いままでヒューバートの腕は、フィリップとライアンのものだった。その唇は、ライアンをからかったり褒めたり宥めすかしたりするための言葉を発していた。それが側妃へ愛を囁《ささや》くために使われるとしたら——。

「ライアン様」

扉が叩かれてギルバートが入室してきた。トレイを手にした給仕を従えている。

「夕食をお召し上がりならないのは体に悪いので、スープだけでもどうでしょうか」

とてもまともに食事を取れそうになかったので食事を断ったことを、ギルバートは重く見ているようだった。

「なにも召し上がりたくないのならば、すぐに医師を呼びます」

「……わかった。食べよう」

テーブルに置かれた皿には乳白色の温かなスープが満たされている。ライアンは側近の制服からまだ部屋着に替えていなかったが、そのまま席についた。スープをゆっくりとスプーンですくい、飲んだ。空っぽの胃に落ちていく。しだいに体が温まってきて、自分の体が冷えていたと知った。

一皿分のスープを飲み終わるまで、ギルバートは横に立って監視していた。

「なにがあったのか、お話しくださいませんか？」

最後の一口まで胃に収めてスプーンを置いたとき、ギルバートが口を開いた。

ライアンはしばらく逡巡したのち、この男にだけは話しておこうと決めた。給仕に皿を下げてもらい、ギルバートと二人きりになる。

「……ヒューバート殿下が、国王陛下のご命令に従い、側妃を娶ることを決められた」

ギルバートの眉間にぐっと皺が寄った。けれど賢明な執事は「そうですか」としか言わなかった。

「情けないな……」

「ライアン様？」

「なにがあろうと殿下のお側で仕えると決意していたのに、情けなくも逃げ出したくなっている」

両手で顔を覆い、ライアンは俯いた。目の奥が熱くなってくる。泣きたくないのに、どうしても涙が滲んできた。

背中にそっとなにかがかけられる。顔を上げると、ギルバートがライアンの肩にブランケットをかけてくれていた。

「ライアン様はお疲れなのです。すこし休暇を取られたらどうですか」

そう言われ、ふと懐かしいディンズデール地方の風景が思い浮かんだ。十年ものあいだ一度も帰省していない、故郷の山や森、田園の風景に郷愁をそそられる。帰れば、きっと心が癒されるだろう。

「……休みたいのはやまやまだが、まだその時期ではないだろう」

側妃の件はヒューバートが望んだものではない。ほぼ強要されたものだ。側妃との仲がうまくいくとはかぎらない。この大切な時期に王都を留守にすることなどできない。

「大丈夫ですか？」

「まだ、大丈夫だ」

ライアンは大きく息を吸い、意識して背筋を伸ばした。ブランケットを「ありがとう」とギルバートに渡す。

側妃の輿入れに向けて、これからやらなければならないことがたくさんある。目の前の仕事に集中して、ひとつずつコツコツと片付けていこう。ライアンはそう心に決めた。

しかし、想像していたよりも側妃を迎え入れる準備はライアンの精神に負担となっていたようだった。

離宮の改装を任せる業者との打ち合わせがはじまると、ライアンもヒューバートの横で話を聞くことを求められた。改装と人員補充による離宮の予算増額の申請書を作成したり、今後の警備体制についてハウエルと話しあったりと、側妃にまつわる雑事がたてつづけにあった。そのたびにライアンは頭痛や腹痛、目眩といった体調の変化を覚えたが、精神的なものだとわかっていたのでなんとかしのいだ。

けれどある日、とうとう執務室で倒れた。

意識が朦朧《もうろう》としているうちに医師が呼ばれてしまい、「過労」と診断された。

知らせを受けたギルバートが王城まで迎えに来てくれ、ライアンは二度目の早退をすることになった。ヒューバートはライアンよりも顔色を悪くして、何度も「過労だなんて、気づかずに悪かった」とくりかえした。

「何日か休んでくれていいから。こちらのことは心配するな」

通用口までヒューバートはライアンに付き添い、馬車を見送ってくれた。

馬車の揺れに身を任せながら、ライアンはホッと息をついた。ヒューバートに心配をかけたのは申し訳ないが、しばらく休みをもらい、側妃関連の雑事に携わらなくてもよくなったことに安堵している。

向かい側の席に座ったギルバートは、厳しい表情をしていた。

「ライアン様、やはりまとまった休みをいただきましょう」

「このあいだ言っていた、休暇のことか」

「休暇を取るなら長期で申請してください。二、三日の療養で体調が戻るとは思えません」

「……だろうな」

ため息をつき、ライアンは考えこむ。

側妃の輿入れの日程はまだ決まっていない。これから離宮を改装したり衣装を誂えたりするのだから、そんなにすぐではないだろう。少なくとも半年は先だ。長期休暇を取るならいましかないかもしれない。

故郷の自然豊かな光景とともに、脳裏に浮かぶのは家族の笑顔だ。彼らはきっと、ライアンを暖かく迎えてくれる。ライアンを労い、親愛の抱擁をしてくれるだろう。そのぬくもりが、猛烈に恋しくなってきた。

考えこんでいるうちに馬車が屋敷に到着する。ギルバートが扉を開けてくれて降車すると、玄関ホールには使用人たちが並んでいた。

「おかえりなさいませ」

早退してきたライアンを気遣う表情で、みんな頭を下げている。見知った顔ばかりだ。

十四年間もここで暮らした。屋敷の使用人はギルバートをはじめみんな勤勉で、領主の後継者であるライアンによく尽くしてくれた。なにひとつ不自由することなく、快適に暮らせた。

けれど故郷を懐かしく思う気持ちがあふれてくることを、とめられない。

玄関からまっすぐ自室へ向かい、側近の制服から部屋着に替えるのをギルバートが手伝ってくれた。

「……ギルバート」

「はい」

「長期休暇を申請しようと思う」

「はい」

ギルバートは返事だけをして、静かに退室していった。きっと使用人たちにその旨を伝え、十日間の旅程の準備を進めてくれるだろう。御者の選定からはじまり、道中の宿の手配も必要になる。すべて任せて大丈夫だ。

ライアンは長椅子に体を横たえ、ひとつ息をついた。体が鉛のように重い。

「……疲れた……」

そう、疲れていたのだ。ギルバートが進言してくれて助かった。自分では仕事を長期にわたって休むという発想になど至らなかっただろう。

しばらく王都から離れて、気持ちの整理をしたい。側妃の輿入れは喜ばしいことだと割り切り、笑顔で祝福できるようにならなければいけない。それが不可能ならば、ヒューバートの側近で居続けることはできないと思った。


翌日、ライアンは離宮までヒューバートを起こしに行かず、直接、王城の執務室へ出勤した。前日のこともあり、その点についてヒューバートは咎めたりはしなかった。

「おはようございます、殿下」

先に執務室に来ていたライアンを見つけ、ヒューバートは安堵したように微笑む。

「ライアン、出てきて大丈夫なのか？　顔色は戻ったようだが、今日は休んでもよかったんだぞ」

「ご心配をおかけして申し訳ありませんでした。昨日、早退させていただいて、半日ゆっくり休んだのでずいぶんと回復しました」

「そうか、それはよかった」

うんうんと頷きながらヒューバートは執務机の椅子に座る。いつものように、その横にハウエルが立つ。ライアンは切り出した。

「殿下、お話があります」

「なんだ？」

「長期休暇の取得を申請したいと思います」

ヒューバートがぴたりと動きを止め、目を丸くしてライアンを見上げてくる。

「……そ、そうか……。そうだな。まとまった休みを取って休養した方がいいだろう。おまえは側近になってから週に一日の休みのみで働いてくれていた。その休みですら、離宮でフィリップの相手をしてくれたり、俺と会ったりしていたのだから、ほぼ無休の状態だった。俺の配慮が足りなかったな。それで、休暇は何日間くらいの予定だ？」

「できれば一カ月ほど休みをいただきたいです」

「一カ月？」

ヒューバートが声を裏返して驚く。壁際に立っていたハウエルも、驚いた顔でまじまじとライアンを凝視《ぎょうし》してきた。

「故郷に帰り、英気を養ってこようと考えています」

「ディンズデールに帰るのか？」

思わずといったようにヒューバートが詰め寄ってくる。その勢いに押され、ライアンは一歩下がった。

「ディンズデールに帰ってしまうというのか」

「殿下、私は休暇が終われば戻ってきます」

「だが一カ月も……」

ヒューバートは愕然とするあまり顔色《がんしょく》を失っている。慌てて「故郷までは馬車で片道十日間もかかりますので」とつけ加えた。そんなこといまさら言われなくともヒューバートはわかっていると思うが。

「往復で二十日間も必要です。故郷に滞在するのは十日ほどになるでしょう。殿下が側妃をお迎えになられたら容易に休暇は取れないと覚悟していますので、いまのうちに療養を兼ねた帰省をしたいと思いました」

「あ、ああ、そうか……」

あまりにもヒューバートが呆然としているので、ライアンは戸惑った。

まさかここまでヒューバートが動揺するとは予想していなかったのだ。それほど頼りにされていたとしたら側近冥利《みょうり》に尽きるのだが、これはそういった類いの反応だろうかと疑問が湧いてくる。

いままで側近の職務を逸脱したことまで手を出していたのは自覚がある。ヒューバートに求められたからといって寝室まで行って侍従の真似事をしてはいけなかったのではないだろうか。休日にフィリップを交えて三人で離宮の庭で遊ぶのも公私の区別がついていなかったと思う。ライアンは無意識のうちにヒューバートを自分に依存するように仕向けていたのかもしれない。

けれどここで休暇申請を撤回してしまっては、早晩、ライアンは心身の過労でどうにかなってしまうだろう。思い切った長期休暇は必要だった。

　側妃が二人も輿入れしてくることだし、いっそのことこれを機にヒューバートとの適切な距離を模索するのもいいかもしれない。ライアンとしては非常に寂しいが、今後の自分の心を守るためにも、必要な対策だろう。

「一カ月の私の不在のあいだ、隣室の文官たちが側近の仕事を請け負います。しっかりと引き継ぎをしていきますので、殿下にご不便はおかけしません」

「……わかった」

　心細そうに頷くヒューバートが、とてもかわいそうに思えてしまう。やっぱり休暇はやめます、という言葉が口から飛びだしてしまいそうになり、ライアンはぐっと飲みこんだ。自分のためにも、ヒューバートのためにも、ここは一時の情に流されてはいけない。そう、ライアンはおのれに言い聞かせた。

　その後、ライアンは一カ月の長期休暇申請を正規の書類で出し、文官たちに業務の引き継ぎをした。日頃から王太子関連の情報を共有するように努めていたため、引き継ぎは容易かった。

　ハウエルには「思い切ったことを考えたな」と、二人きりになったときを見計らって感心したように言われた。

「一カ月間、殿下をお願いします」

「それは、もちろん」

頷いたあと、ハウエルはだれも近くにいないことを再確認してから、こそっと小声で尋ねてきた。

「ここに戻ってくるんだろうな？」

なぜそんなことを聞くのか。ライアンは休暇を取るだけだ。

「戻ってきますよ。当然です」

「でもあんたはディンズデール地方領の後継者なんだろう？」

「叔父が国に届を出したのは、私を引き取ったときなのでもう二十年も前のことです。事情が変われば変更は可能ですよ。叔父のもとには双子の従弟がいますから、彼らのどちらかが領主になってもいいのです」

ライアンは本気でそう思っている。ジェイとキースは芸術留学のあと領地に戻り、ずいぶんと地元に貢献しているようだ。彼らがこのまま領地に根付き、領民とともに経済を盛り上げていけば、王都に行ったきりのライアンよりも後継者にふさわしいと言われるようになるだろう。

「わかった。気をつけて行ってこい」

ハウエルに肩を叩かれ、ライアンは「あとをお願いします」と念を押した。

休暇に入る前日には、フィリップに挨拶に行った。

フィリップはちょうど今日の勉強が終わったところで、テラスに置かれたテーブルで休憩をしているところだった。

「あ、ライアン！」

椅子の上で尻を弾ませ、満面の笑みを向けてくる。キラキラした無邪気な笑顔が可愛くてたまらない。

「こんな時間にどうしたの？　父上のお仕事は？」

「殿下、じつはお話があって参りました」

「そうなの。座って」

着席を勧められ、ライアンはフィリップの向かい側に腰を下ろした。

「じつは、明日からしばらく休暇をいただき、領地に戻ることになりました」

「えっ、領地って、ディンズデール？」

「そうです」

「……遠いよね？」

「少し、遠いですね。馬車で片道十日ほどかかります」

「十日？」

びっくりした表情がヒューバートにそっくりで、ライアンは思わず笑ってしまいそうになった。

「何日くらい休むの？」

「一カ月の予定です」

「一カ月……」

　フィリップが悲しそうな顔をして俯いた。

「ライアンに一カ月も会えないの？」

　寂しがってくれることが嬉しくて、同時に自分も寂しさを感じて、ライアンはフィリップの手を握りしめた。小さな手だ。愛する人の宝物のような子供。ライアンも慈しみ、成長を見守ってきたのだ。自分の中にある、猛烈な庇護欲を再確認した。

　側妃がなんだというのだ。この子から離れることはできない。側妃がどれだけ子供を産んでも、ヒューバートの第一王子はフィリップだけだった。

「ヒューバート殿下が側妃を娶るという話をお聞きになったと思いますが」

「うん、聞いた。父上があたらしい妃を迎えるって。ここでいっしょに暮らすんだよね？」

　顔を上げたフィリップは、不安そうに視線を泳がせる。

「ぼくに弟や妹ができるのはうれしいけど、あたらしい妃はどんなひとだろう。ちょっとだけ、気になる……」

　本心では気になるていどではないほどの不安を抱えているだろうに、側妃の立場を慮って聡明なフィリップはそんな言い方をする。あまりにもいじらしくて、ライアンは「大丈夫です」と宥めた。

「離宮の使用人たちは変わりませんし、フレデリカ様もいらっしゃいます。ヒューバート殿下は変わらずフィリップ殿下を愛してくださいますから」

「ライアンも？」

「はい、私も」

はっきりと肯定してみせると、フィリップはホッとしたように口元を緩めた。

「ねえ、ディンズデールってどういうところ？」

「田舎ですよ。領主の居城は歴史ある建物ですが、まったく飾り気がなく無骨な造りですね。領民は基本的に温厚で勤労意欲にあふれ、農耕や酪農に携わっています。そこから派生した果実酒造りや乳製品の製造も、最近は盛んですね。領主は私の叔父で、とても真面目な人物です。その伴侶はフィンレイといって——」

「知ってる。ぼくの伯父にあたる人でしょう」

「そうです。ヒューバート殿下の異母兄になりますから」

フィリップはまだ七歳なので国の公式行事には参加していない。そのためフィンレイに会う機会はいまのところなかった。物怖じしない利発なたちのフィリップに会ったら、フィンレイはきっと一目で気に入って可愛がることだろう。

「おい、二人でずるいぞ」

背後から声がかかり、フィリップが「父上」と笑顔を向けた。ヒューバートが不機嫌そうな顔で歩いてくる。まだ執務中のはずなのに、抜け出してきたようだ。空いている椅子にどっかりと座り、顔を突き出してきた。

「俺だってライアンとの別れを惜しみたいのに」

「別れを惜しむという言い方はどうかと思いますよ、殿下。今生の別れでもあるまいし」

「当たり前だ、今生の別れであってたまるか」

ヒューバートはライアンとフィリップが手を握り合っているのを見て、そこに大きな手を重ねてきた。熱いほどのぬくもりに、ライアンはドキッとする。暇があると剣を振り回して体を動かしているヒューバートは、てのひらの皮が厚くなっている。ごわごわとした感触だった。

「あー、一カ月もライアンがいないなんて、俺はどうすればいいんだ」

「文官たちには引き継ぎをしました。なんの憂《うれ》いも必要ありません」

「ライアンがいないと朝が起きられない」

「侍従がいます。それに側妃を娶られたら、私は殿下を起こしに行きませんからね」

「いままで通りに来い。大丈夫だ、寝室は別にするつもりだから。二人もいるからな。三人で寝るわけにはいかんだろう」

「フィリップ殿下の前で、そうした話はしないでください」

具体的な話はライアンも聞きたくない。若くて美しい令嬢二人が、広い寝台の上でヒューバートに侍っている場面を想像してしまい、ライアンは胸が苦しくなった。おのれの想像力の豊かさに、唾を吐きたくなる。

「ライアン？」

訝しそうにフィリップに顔を覗きこまれ、ライアンは無理やり笑みを浮かべてみせた。

「なんでもないです」

その作り笑顔のままヒューバートに向き直った。

「寝室を別にするとしても、私は行きません。ご自分で起床するか、侍従に起こしてもらってください」

「父上、ぼくもひとりで起きられるようになりますから、がんばりましょう」

息子に励まされてしまい、ヒューバートはむっつりとそっぽを向く。

「側妃が輿入れされれば侍女も増えますし、すぐにお子様も生まれますよ。離宮はきっと賑やかになります。私などが出入りするのは無粋というものです」

もう幾度も想像して勝手に傷ついていた光景を、また思い浮かべる。自分を戒めるために無意識のうちに繰り返しているのかもしれない。

「……ライアン、出発は明日か」

「その予定です」

「見送り――」

「早朝に発つつもりなので見送りは結構です」

余計なことを言い出されると面倒なので被せた。ヒューバートはますます不機嫌そうに口を歪める。まるで拗ねた子供のような表情になっていて、フィリップに見せたくないなと思った。思いきり見られてしまっているが。

「本当に、一カ月で戻ってくるんだな？」

「戻ってきます」

「ほんとうに戻ってきてね」

フィリップからも念を押されて、ライアンは苦笑いした。

親子して、どうしておなじ心配をしているのか。

ライアンは側近の職を辞するつもりはない。十代のとき、なにがあろうとヒューバートを支えていきたいと思った気持ちは変わっていなかった。

ただ、しばしの休息を欲しているだけだ。

これからもヒューバートのそばで生きていくためにも、心身を休める。それだけだ。

翌日の早朝、ライアンは長距離用の大型馬車に乗りこみ、ギルバートと屋敷の使用人たちに見送られて出発した。

馬車の中には十日間の旅を少しでも快適に過ごしてもらいたいという、ギルバートの思いが詰まっていた。クッションやブランケット、暇つぶしの本や菓子など、ひとつひとつ厳選したものだろう。

ありがたく思いながら、ライアンは窓の景色をのんびりと眺めた。

◇

「殿下、王太子殿下？」

何度も呼びかけられてヒューバートはハッとした。執務机の向かい側に文官が立っていて、何枚もの書類を手にしている。

「急ぎの書類にまだ署名されていませんね。目を通されましたか？」

未処理の箱に入れられた書類を示されて、ヒューバートは緩慢に首を振った。処理済の箱は空で、ほとんど仕事が進んでいないことを表している。

「まだだ」

「ではいますぐお願いします」

文官はため息を飲みこんだような顔をしながら、手に持っていたものを未処理の書類の下に入れた。ヒューバートはのろのろと一番上の書類を取り、目を落とす。文字を読んでいるつもりなのに、ちっとも頭に入ってこない。

ヒューバートは執務室の隅に置かれたライアンの机に視線を向けた。

ライアンの長期休暇がはじまってから、今日で五日になる。

この十年間、これほど長くライアンの顔を見ないことはなかった。彼がいないと落ち着かず、まったく集中できない。書類は溜まる一方で、文官に困惑されてしまうくらいだ。

ライアンが戻ってくるまで、あと二十五日もある。この調子ではかなり滞るだろう。仕事を怠けていたと知ったら、ライアンは怒るにちがいない。いや、いっそのことライアンに怒られたい。ヒューバートから離れたら碌なことにはならないので、長期休暇など取るべきではなかったと思ってもらいたい。

「……もう帰ってきてもらおうか……」

つい願望が口から出ていた。聞こえていたハウエルが「それはやめろ」と止めてくる。

「ライアンは休養のために帰省しているんだぞ」

そんなことハウエルに言われなくともわかっている。でもヒューバートはライアンが恋しくてたまらないのだ。

「俺はライアンがいないとなにもできない人間だ」

「そのようだな」

「フィリップもライアンを恋しがっている」

毎日、フィリップは仕事から戻ったヒューバートに、「ライアンはいつ戻ってくるの」と問うてくる。休暇は一カ月と聞いているはずで、とうに日数の数え方など理解しているのに、わざわざ確認してくるのだ。一日でも早く会いたいのだろう。息子がライアンに懐いていたことはわかっていたが、まさかこれほどまでとは思っていなかった。

息子に尋ねられるたびに、ヒューバートは「あと何日」と答える。そして二人で、「いまごろはなにをしているだろうか」とライアンのことを話すのが日課になっていた。

「父上」

「なんだ」

「ほんとうにライアンは帰ってくるの？」

昨夜、思いつめたような顔でそう言ったフィリップに、ヒューバートは一瞬、言葉に詰まった。

「あたりまえだろう。ライアンは俺の側近だ。辞めたわけじゃない。あいつはかならず帰ってくるさ」

そう答えながら、不安が胸を過《よぎ》った。

ライアンは本当にディンズデールから戻ってくるだろうか。側近としての職務を逸脱したヒューバートの要求に応え続けた十年間だった。彼がなんでもしてくれるから、ヒューバートは調子に乗っていた自覚がある。

側妃を娶ることが決まってからは、ライアンに割り振られた雑事が多くなっていた。そのせいで疲労が蓄積したとしたら、この長期休暇はヒューバートの自業自得だ。

ライアンを側近にと望んだのはヒューバートで、彼の仕事に対して責任を負うのはヒューバートだ。つまり雇用主であり、はたしてライアンにとってよい雇用主なのかと聞かれたら自信を持って頷くことはできない。

（もしかして俺はいま、不味《まず》い状況になっているのか……？）

冷や汗がじわりと全身に滲んできた。

ライアンはだれが見ても有能な人材だ。もしライアンがヒューバートに愛想を尽かして側近を辞めたくなったら、つぎの仕事は容易に決まるだろう。いや、そもそもライアンはディンズデール家の後継者として国に届が出されている。王都で仕事を探さなくとも故郷に帰ればそれでいい。

（どうしよう、ライアンが戻ってこなかったら……）

二度と会えないかもしれない、と考えただけでゾッとした。

なにをしても許してくれて、温かく包みこんでくれて、そっと微笑んでくれたライアン。寝ても覚めても頭の中はライアンのことばかりだ。まさか自分がこんな状態になるとは思ってもいなかった。それはそれでヒューバートは衝撃を受けている。

「王太子殿下、こちらの書類も確認をお願いします。急ぎです」

文官がまたあらたな書類を出してきた。二人の側妃候補がヒューバートに面会を求める文書だった。複数の候補者の中からヒューバートが深く考えずにいいかげんに二人を選んだあと、何度かライアンを通じて本人たちから「直接会って話したい」という要望が届いていた。けれどヒューバートは面倒くさくて会っていなかった。離宮は改装するし侍女も増員する、側妃たちに必要な衣装を揃えるための予算も別枠で確保するつもりだ。準備はきちんとする気だったので、忙しい公務のあいだに彼女たちにわざわざ会うまでもないと思った。

ライアンは事前に二人と交流して、心の準備もした方がいいと言っていたけれど。

このまま輿入れの日を迎えてしまえばヒルデガードの二の舞になりかねない、というライアンの懸念《けねん》はわかる。けれど、どうしてもヒューバートは会う気になれなかった。

何度も断られ続け、側妃候補の二人は、とうとう正式文書にしてヒューバートに面会を求めてきたのだろう。彼女たちが不安を抱え、夫となるヒューバートと事前に会って話したいと思うのは当然だ。しかし彼女たちの心情を理解できても、ヒューバートは自分の感情を置き去りにすることはできなかった。

「殿下、ちらっと会うことくらいできるだろう。なぜ頑なに会おうとしないんだ？」

文官が隣室に下がってから、ハウエルがこそっと聞いてきた。ヒューバートは「ううぅ」と唸ったあと、「……会っても意味がないからだ」と白状した。

「意味がない？　ないことはないだろう」

「いや、ない。俺はどうせ彼女たちを愛せない」

「そう断言するのは早くないか？　令嬢たちを女性として愛せなくとも、友情が芽生えるかもしれない」

「友情？　彼女たちと？　それは無理だ。優しくしたいとは思っているが、過去に高位貴族の令嬢と話が合ったためしがない。とりとめのない無駄話を笑顔で聞いていることがどれほど苦痛か、ハウエルは知らないんだな。流行りのドレスの話と社交界の噂の中で、貴族の女性たちは生きている。いまさらだが、おまえの妻ヴィクトリアは、例外中の例外だからな」

　ヒューバートの姉ヴィクトリアは馬が好きで、乗馬するだけでなく鞍《くら》やあぶみなどの道具に凝ったり、馬の世話を手伝ったりする、変わった王女だったのだ。いまでも結婚に際して持参した名馬の世話に明け暮れているらしい。そのため社交界には友人がおらず、必然的に噂話や流行には疎い。ハウエルはさぞかし刺激的な毎日を送っていることだろう。

　高位貴族の令嬢でヴィクトリアのような変人はめったにいない。

「俺は我慢強い性格じゃない。彼女たちに俺が求めるのは、子供だけだ。王太子の側妃という地位を与える代わりに、子供を産んでもらう。そこに愛はない。愛せないなら、いっそのこと親しくしない方がいいと思っている。輿入れ前から、彼女たちに俺に期待するなと釘を刺したくない。それに、彼女たちに同情する気持ちが起こってしまうと、男として機能しなくなるだろう」

　重いため息とともに本音を吐露すると、ハウエルは黙った。

　ヒューバートは側妃候補たちからの面会を求める書類に、署名しなかった。この場にライアンがいたら怒っただろう。不誠実にもほどがある、ならばどうして側妃を娶ると決めたのか、と説教してくるかもしれない。

　ライアンが恋しい。ライアンに会いたい。いますぐ帰ってきてほしい。

　側妃のことなど、どうでもいい。仕事も、すべてどうでもいい。

　なにもかもを放り投げて逃げ出してしまいたいくらいだった。王都から逃げ出して、ライアンのところまで行きたい。馬車で十日かかる地方だが、早馬なら三日で駆け抜けることができる。自分にそこまでの技量はないが、五日あれば到着できるのではないか。

（すぐに戻れと手紙を出すよりも――自分が行った方が早くないか？）

　ふと、そんな考えが浮かんだ。けれど頭を振って打ち消す。未決の書類の山を見て、無理だと結論づけた。

　その日もヒューバートは集中力を欠きながら、なんとか仕事を終えて離宮へ戻った。

　そこには思いがけない人物が待っていた。

「おひさしぶりです、王太子殿下」

「ヒルデガード……！」

一年前に出て行った妻が、まるで離宮の主のように堂々と応接室に座っていた。今年三十歳になったヒルデガードは会わなかったあいだに若さを取り戻したのか、結婚当初のような美貌《びぼう》を見せつけてくる。実家の居心地がいいのか、それともヒューバートとの冷え切った生活がよほどの心労だったのか――両方だろう。

「ああ、その、元気だったか」

「はい、健康状態になんら問題はございません」

ぎくしゃくと向かい側の椅子に座り、ヒューバートは覚悟を決めてヒルデガードと目を合わせた。なにか話があって来たにちがいない。

「フィリップにはもう会ったのか？」

「ええ、さきほど。この一年のあいだにずいぶんと背が伸びて、ますますあなたに似てきたように思います。王立学院への入学準備がはじまると聞きました。事前学習が楽しみだと……。どうやら私とちがって勉学への探究心があるようです」

かすかに笑みを浮かべ、ヒルデガードは一人息子を語る。

フィリップとの再会は穏やかに行われたようだ。その点に関しては安堵した。

「今日は、なぜここに？」

「……私、離婚を考えております」

驚きのあまり、まじまじとヒルデガードを見つめる。冗談で言っているわけではなさそうだった。

「本気で言っているのか」

「本気です」

「男ができたなら、隠れて会えばいい。俺は咎めないぞ」

「それとこれとは話が別です」

夫の他に好きな男ができたことを、ヒルデガードは否定しなかった。

ヒルデガードに親しくしている男がいるらしいと聞いてから、すでに数カ月がたっている。貴族にありがちの暇つぶし、鬱憤《うっぷん》晴らしのようなものかと思っていたが、真剣な交際なのだろう。

「俺たちはそう簡単には離婚できない。陛下がお許しになるとは思えない」

「でしょうね。でもとりあえず、あなたに意思表明をしておきたいと考えました。側妃を娶ることに決めたと聞きましたので」

王太子の側妃については、まだ正式に発表されていない。けれど国王を交えて話し合われた席にいた大臣たちから、すでに話は漏れていた。側妃候補の令嬢の名前まではまだ知られていないはずだが、今日のように面会希望が正式な書類で提出されると、それを目にした文官たちのだれかから外に漏れる可能性があった。

「おまえの父親はどう言っているんだ？」

「さあ？　父は怒るでしょうが、私にはもうどうでもいいことです。私が王妃にならなくとも、フィリップがつぎの王太子になることで満足してもらわなければなりません」

ヒューバートが側妃を持つことに反対していたというルアード侯爵。娘が離宮を離れただけでも今後の覇権争いに支障があるだろうに、離婚となったら大打撃だろう。たとえ孫のフィリップの地位が揺るがないとしても、あの男は権勢欲のかたまりだ。

目を伏せたヒルデガードは、憂うつそうな表情をしている。自分の父親が野心家なのを、彼女はよく知っていた。

「おまえは俺が側妃を迎えることについて、なにか言いたいことはあるか」

「陛下があなたに側妃を薦められたのは当然だと思います。私はフィリップ一人を産むだけで精一杯でした。私が言うべきことではないかもしれませんが、どうか、側妃たちに心を傾けてあげてください」

難しいことを言う。

「お子様が生まれたら、きっとここは賑やかになるでしょうね」

ふっと笑ったヒルデガードに、つい「ライアンとおなじことを言うんだな」と呟いてしまった。

「ライアンとおなじこと、ですか？　まあ……」

驚いたように片手を口にあてたヒルデガードは、哀れむようにヒューバートを見てくる。

その目つきに苛立った。

「なんだ、ほかになにか言いたいことがあるのか?」

「私、ずっと殿下はもっと正直におなりになればいいのにと思っていました。ですが、まさか自覚がなかったのですか」

「なんのことだ」

「ライアンはいま長期休暇中だそうですね。ディンズデールに帰省しているとか」

「それがどうした。休みに入ってからもう五日になる」

「まだ五日、ですわ。たった五日でこんなに苛立っていらっしゃるなんて」

ヒルデガードがふふふと含み笑いをこぼす。

「ライアンが長期休暇を必要としたのは当然でしょうね。殿下のこの様子では」

「おまえがあいつのなにを知っているというのだ」

馬鹿にしたように笑うヒルデガードに、ヒューバートはムッとした。離宮にいたときも二人はあまり顔を合わせたことはなかった。この一年間はおそらくライアンに一度も会っていないだろうに。

「自分が一番ライアンを知っているとでもおっしゃりたいのかしら? 私、あなたほど鈍感な殿方《とのがた》を知りませんわ」

「鈍感だと?」

「あら、敏感だとでも?」

さらりと言い返してくるヒルデガードは、もうヒューバートと別れる決意をしているせいか、以前よりも遠慮がなくなっている。

「あなたが無神経すぎてライアンはきっと疲れてしまったのでしょう。かわいそうに、あの男は殿下のこととなるとおのれを殺して無理をしてしまうから」

ヒルデガードの口調はライアンに同情している雰囲気だ。同時にヒューバートを非難している。

「つまり、なにが言いたいんだ。俺が悪いということか」

「ええ、殿下が悪いですわね。鈍感は罪です。ライアンがディンズデールに帰ったきり王都に戻ってこなくとも仕方がないほどの仕打ちをしていたという自覚はあります?」

「なんだと? どういうことだ」

ギクッとヒューバートは反応してしまった。帰ってこない可能性はゼロではないと思っていたからだ。

「おまえはなにか知っているのか」

「なんのことです?」

「ディンズデールの事情とか、ライアンの気持ちとか——。まさか俺に隠れてひそかに文のやり取りでもしていたのか? もしかして、おまえの恋人というのは」

「くだらない想像はよしてください」

ヒルデガードが優美な眉をきりっと吊り上げて睨んできた。

「あなたはライアンとほとんど一日中、行動をともにしていて、そんな暇があると思っているのですか？　あの男はクソ真面目で、自分よりもあなたを優先する忠義者ですよ。私から見れば愚か者ですけどね」

フン、とヒルデガードは鼻息が荒い。ヒューバートがライアンとの仲を一瞬でも疑ったことが腹立たしいのだろう。

「私の恋人は、なによりも私を優先してくれる素敵な殿方です。ゲスの勘繰りはやめてください。不愉快です」

会わないあいだに口が悪くなったようだ。

「私の話を聞く気がないのなら、帰ります。もう用事はすみましたから」

「おい、ちょっと待て、待て。ライアンのことを中途半端に言いかけて帰るな。全部話していけ」

椅子から腰を浮かしかけたヒルデガードを、慌ててヒューバートは引き留めた。

「あー、つまりおまえは、ライアンのなにかを知っているというわけではなく、なんとなく察していることがあると言いたいんだな？」

鈍感と指摘されたヒューバートだが、そのくらいはわかる。

「ええ、そうです。ライアンはあなたが側妃を娶ることにたいして、なにか言っていましたか」

「いや、とくに」

「では、はじめて側妃の話をしたとき、ライアンはどんな様子でした？」

ヒューバートはあの日のことを思い出した。国王から難題を持ちかけられ、自棄クソで引き受け、執務室に戻るなりライアンとハウエルに側妃のことを話した。

「……ライアンは、早退した」

あの日、ライアンは急に顔色を悪くしてふらついたのだ。医師を呼ぼうとしたヒューバートを制止し、はじめて早退した。

「まあ、なんてこと。ライアンがどれほどの衝撃を受けたのか考えると、かわいそうでならないわ」

「かわいそう？　ライアンが？」

「だから鈍感は罪だと言いました」

咎めるように冷たい目を向けてくるヒルデガードに、ヒューバートはしばし困惑した。

「私はライアンの味方をするつもりはありません。けれどなにも言わずにただひたすら仕えている姿は立派でした。とても私にはできないことです。血筋以外に、あなたにいいところなどあまりないと思うのですけど、そこはまあ、人それぞれですから」

はあ、とヒルデガードは切なそうなため息をついた。

「もうよろしいでしょう？　帰ります」

今度はもう引き留めなかった。本音ではあと少しでなにか掴めそうだったので話し相手になってほしかったが、離婚を望んでいる妻にあまり要求できない。

ヒルデガードを見送ったあと、ヒューバートはフィリップの様子を窺いに行った。息子は自室で読書をしていた。

「あ、父上、おかえりなさい」

顔を上げて笑顔になったフィリップは、一年ぶりに母親に会ってもとくに動揺していないようだった。

「なにを読んでいたんだ？」

「ライアンにもらった本です」

挿絵が多い童話集だった。ライアンはフィリップが文字を覚えはじめると、すぐに本を贈った。子供向けの挿絵がたくさん入ったものばかりで、最初のころはよくライアンが読んであげていた。

冬の夜、暖炉の前でフィリップと肩を並べてゆっくりと本を読むライアンの声を聞きながら、ヒューバートは蒸留酒を飲んだ。幸せを感じたときの光景がすぐに思い浮かんでくる。

「母上にも、さきほど本をもらいました」

「そうか。よかったな」

「でも、ぼくにはまだむずかしそうな本です」

「そのうち読めるようになる」

「ライアンに読んでもらおうかな」

ごく自然に息子の口からライアンの名前が出る。それほど自分たち親子に近い存在だからだ。彼がいなくては、ヒューバートもフィリップも幸せではないだろう。そう断言できるほど、ライアンは大切な人だ。

けれどライアンはディンズデール家の人間だ。領主フレデリックにとっても大切な存在だろう。今回の帰省で、フレデリックがライアンを引き留めたらどうなるのか。

側近を侍従のようにこき使うヒューバートに愛想を尽かしていなくとも、故郷に留まる理由はいくらでもある。ライアンはヒューバートより一歳年下の二十六歳だ。いつまでも側近として仕えてくれると思いこんでいたが、フレデリックのもとで領主としての仕事を覚えはじめる時期としてはちょうどいいのではないか。

ディンズデール地方領は、領地経営の手本と称賛されるほど豊かだという。代々の領主は堅実な生活を送り、領民のために善政を敷いている。国王からの信頼も篤く、ヒューバートの父王も頼りにしていた。ライアンも折に触れては故郷を自慢気に語り、領主である叔父をどれだけ尊敬しているか話して聞かせてくれた。

引き留められたら、ライアンは迷うのではないだろうか。

もうヒューバートにはじゅうぶん仕えた、それにこれ以上のわがままには付き合えない、と思うかもしれない。ヒルデガードがライアンを哀れに思うほどなのだ。ヒューバートは自覚がないままにライアンを虐げていたのだろう。

ライアンに申し訳ないことをしていたのならば、誠心誠意、謝らなければならない。

そして、戻ってきてもらう。ライアンのいない生活など、もう考えられないからだ。

たった五日間、ライアンと離れただけで辛い。

学院卒業後に一カ月ほどライアンが帰省したときは、これほど辛くなかったように思う。

あのころよりもいまの方が、ライアンが恋しいという気持ちが強い。十年間もそばにいてくれたせいだろうか。大人になったライアンが、子供のころよりもきれいになったからだろうか。ときおり見つめてくる碧い瞳に、引きこまれるようななにかを感じるようになったからだろうか。

ふとした瞬間に見せる、物憂《ものう》げな碧い瞳。そうかと思えば、燃えるような、なにかを訴えるようなまなざしを注いでくることもあった。そういうとき、ヒューバートはライアンを抱きしめたくなる。いつのまにか自分よりも小さくなってしまったライアンの細い肩を抱いて、どうしたの、なにが言いたいの、俺がなんでもしてあげる、なにも怖れることはない――そう囁いて安心させてあげたくなる。

ライアンにはいつも笑っていてほしい。彼がとても頼りになる側近なのはわかっているが、休みの日はヒューバートの前で気を抜いて甘えてほしいと思う。

(そうか……)

ふっと、なにかが降りてきた。

なぜライアンがこれほどまでに必要なのか。

なぜ離れていることが耐えがたいのか。

(……そうだ)

わかった。

やっと、わかった。

愛しているからだ。だれよりも愛しく思っているからだ。

急に、目の前が明るくなったような気がした。

世の理をすべて得たかのように、視界がすっきりして見える。

いったいいつからだろうか。もうずっと前からのような気がする。

どうして自覚できなかったのだろう。ライアンがそばにいてくれることに安心して、なにも考えていなかったのかもしれない。

愚かだった。

（そうか、そうかそうか、そうだったのか）

ヒルデガードはきっとわかっていた。だから鈍感だ、愚か者だと罵《ののし》ったのだ。

（あー、俺はバカだ……）

がくりと肩を落とし、自分の行いを反省する。だからヒルデガードを愛せなかった。側妃たちを愛せないといまからわかっていた。ヒューバートの中にはすでにライアンがいたからだ。

（いや、ちょっと待て）

ヒルデガードはライアンに同情していた。かわいそうだと、ひたすらにヒューバートに仕えていたと。

側妃の件を話したら顔色を悪くして早退したライアン――。

（え？　まさか、ライアン……）

急に胸がドキドキしてきて鼓動を速めた。すごい勢いで体温が上がってくる。

それこそ自意識過剰ではないか、そんな都合のいいことあり得ない、と何度も頭の中で否定してみたが、それが正解だとしか思えない事例があれもこれもと浮かんでくる。

（いやでも）

そんなこと、まさかまさか。

でもそうだったら、嬉しい。

（ライアンが、俺のことを……）

好いてくれているなら。

頭がカッと熱くなり、全身にどっと汗をかいた。両手で顔を覆い、変な呻き声が出てしまいそうになるのを我慢する。息が苦しくなってきた。もし、もしもライアンが自分に特別な好意を向けてくれているのなら、こんなに嬉しいことはない。

（もしもそうだったら、俺は）

体の奥からなにか熱いものが溢れ出てきそうだった。

「父上、どうしましたか？」

我に返って、気遣わしげに顔を覗きこんできたフィリップを見下ろす。きれいな目をした息子に、ヒューバートは問いかけた。

「おまえはライアンを好きか？」

「はい、大好きです。父上も大好きでしょう？」

「大好きだ」

胸を張って言える。ライアンを好きだ。愛している。

「とりあえず、いろいろと謝らなければいけないな」

「父上？」

「俺は、会いに行くことにした」

すぐにでもライアンのもとへ行かなければ、とヒューバートは焦燥感に駆られた。彼に会って、この想いを告げよう。そしてライアンの気持ちも確かめる。もし愚かな思い違いだったなら、全力で口説くだけだ。もう側妃などどうでもいい。ヒューバートに必要なのはライアンなのだから。

「会いに行く?」

きょとんと目を丸くしているフィリップに、「ライアンのもとへ行く」とヒューバートは宣言した。とたんにフィリップの顔がパアッと明るくなる。

「ライアンを迎えに行くのですね! 父上、さすがです。一日も早くライアンを連れて帰ってきてください。ぼく、待っています」

「よし、行ってくる」

父子は笑顔でがっしりと握手をした。

翌日、ヒューバートは朝から長期休暇を取るための準備をはじめた。

馬車で十日もかけて悠長に旅ができるほど、気持ちに余裕はない。早馬の速度は無理だとしても片道五日で旅程を立てた。明日の早朝に出発すれば、ライアンとは一日違いで領地入りできる。ライアンの滞在期間に合わせると、十日近くも領地でいっしょにいられることになる。王都への帰りは、ライアンが了承してくれれば、のんびり十日間の馬車旅が楽しめるだろう。

王族に仕える医師を呼び、心労により長期的な療養が必要という診断書を書かせた。王太子付きの文官たちにそれを見せ、明日の午後、ヒューバートが王都を発ってしまってから、国王へ渡すように命じた。

そしてハウエルにディンズデール地方領行きを告げ、急いで護衛計画を立てるように指示した。

「ディンズデールまで行く決心をしてしまったのはもう仕方がないが、側妃関連はどうするんだ。殿下の裁可がないと動かない案件が山ほどあるぞ。離宮改装の詳細を詰めるのもこれからだろう?」

「すべて白紙に戻す」

「白紙?　おいおい、まさか止めるのか?」

「そのまさかだ」

ハウエルが口元を引きつらせた。いったんは受けた国王からの命令を撤回することになる。アーネストは激怒するかもしれない。いくら王太子といえども、どんな処罰が下されるかわからない。

けれどヒューバートはもう決めていた。自分の後継はフィリップがいればじゅうぶんだし、子供を産ませるためだけに側妃を娶っても不幸が待っているだけだろう。最初から愛せないとわかっている。それにライアンがヒューバートに想いを寄せてくれている場合、ひどく苦しめることになる。

なによりも、離婚を求めてきたヒルデガードが晴れ晴れとした顔をしていたのが印象的だった。ヒューバートはもう何年もヒルデガードのあんな表情を見ていなかった。結婚生活が彼女の心を傷つけていたのだ。ヒューバートも愛のない結婚生活に疲弊《ひへい》した。ライアンがそばで支えてくれたから正気を保てていたようなものだ。

「陛下に罵倒《ばとう》されても構わない。俺にはもうライアンだけがいてくれればいい。だから迎えに行く」

正直な気持ちを吐露したヒューバートに、ハウエルは「そうか」と頷いた。そしてなにかを諦めたような苦笑いになる。

「殿下が陛下の怒りを買ったらどうなるかわからないが、俺はどこまでもついていくぜ」

「それはありがとう」

頼もしい義兄と、ヒューバートは固い握手をした。

そんなふうに慌ただしく、けれど極秘裏に休暇の準備を進めている最中、執務室に来客があった。

「ルアード侯爵」

「王太子殿下、おひさしぶりです」

ヒルデガードの父親が訪ねてきた。エスモンド・ルアードは五十歳を少しすぎた年齢で、中肉中背、茶褐色の髪に娘とそっくりの色味の茶瞳だ。頭髪はやや少なめで、代わりのように口髭《くちひげ》が豊かに生えていた。

ルアードは国の重鎮なので会議でよく顔を合わせる。しかし歴史ある侯爵家だから国政に携わることを許されているだけで、ヒューバートはこの男を有能だと思ったことはなかった。

ヒルデガードがヒューバートの妃候補として名前が挙がった十年前は、代替わりしたばかりの新国王アーネストよりも、三十年の長きにわたり玉座に就いていた前国王ジェラルドの影響を強く受けた体制がそのまま継承されていた。個人の力量よりも家柄が重視されていたのだ。ルアードが娘を王太子妃にすることができたのも、経済力と交渉術によってだろう。

アーネストは家柄よりも個人の力量を重視し、この十年で大臣たちを一新させた。けれどルアードは王太子妃の父という絶対的な地位を確立してしまっていたので、排除できなかったと聞いている。

ルアードは執務室の中をぐるりと見回し、片方の眉を器用に上げた。

「あの側近が領地に帰ったというのは本当なのですね」

帰った、という表現にヒューバートは顔をしかめた。

「侯爵、ライアンは帰ったわけではない。休暇を取り、一時的に帰省しているだけだ」

「そうですか。まあ、理由はどうあれ、あの男がいないと執務室がすっきりして見えますな。たいして体は大きくないのに、なぜか態度が大きくて」

ははははは、とおもしろくないのに笑うルアードに、ヒューバートは怒りを覚えた。

この男がライアンを煙たく思っていたのは知っている。ライアンは清廉潔白《せいれんけっぱく》で実力主義だ。賄賂《わいろ》は大嫌いだし、縁故採用もしない。ルアードはおそらく娘婿となったヒューバートの周辺に、自分の息がかかった者を置きたかったのだろう。そんなこと、ライアンが許すはずがない。

ルアードはもともと浅慮《せんりょ》で失言の多い男だ。ヒューバートはそれを妻の父だからと大目に見て、聞き流してきた。だがライアンへの想いを自覚したばかりのいまは、無理だった。

「侯爵、俺の大切な側近を邪魔者あつかいか。俺の機嫌を損ねてなにがしたい」

ルアードはギョッとしたように笑顔を凍りつかせた。

「殿下の機嫌を損ねるつもりは……」

「俺は忙しい。わざわざ訪ねてきたのなら、いまでなければならない用件があるんだろう。さっさと言え」

高圧的に言い放つと、ルアードは不愉快そうに顔を歪ませた。

「ヒルデガードのことです」

予想通りのことを切り出してくる。

「昨夜、娘から話があると言われましてね。驚きましたよ。殿下と正式に離婚したいと言い出した。真実の愛を知ったとふざけたことを！　いったいどういうことですか」

「どうもこうもない。その通りだ。俺は陛下に正式な離婚を願い出ようと思っている。ヒルデガードは好きな男がいるらしい。俺は妻をしあわせにしてあげられなかった。こんどこそしあわせになってほしい」

「なぜ許したのですか！　とんでもないことですよ。王太子夫妻が離婚など。娘は、ルアード家の恥さらしだ」

顔を赤くして怒りもあらわなルアードに、ヒューバートは冷たい目を向けた。娘を恥さらしなどと罵る父親をもったヒルデガードに同情する。たとえなにがあっても娘を庇い、守るのが父親ではないのか。

「あの馬鹿娘、殿下の立場をまったく考えていない。どこの馬の骨と懇ろになったか知らんが、せっかく私が王太子妃にしてやったのに、恩を仇《あだ》で返すつもりか。殿下もお怒りでしょう。不仲の夫婦など数え切れないほどいるが、みな表向きは仲睦まじく取り繕うものです。愛人とは密会すればいい。わざわざ王太子妃の座を捨ててまで火遊びに溺れるなど、あってはならないことです。あれの母親の教育が悪かったせいでしょう。家柄がいいだけの軽薄な女でしたからね」

ヒルデガードの母親は五年前に病気で亡くなっている。ヒューバートはヒルデガードとまだ幼いフィリップとともに、葬儀に出席した。ヒルデガードがずいぶんと憔悴していたことは覚えている。妻の両親の夫婦仲を気にしたことはなかったが、ルアードのこの話し方ではたいしてよくなかったのだろう。

「殿下にお許しいただけたなら、私が娘を再教育いたしましょう。男と別れさせ、二度と夫に刃向かうことなどないように、よくよく言い聞かせます。女は黙って男に従えばいいのです」

キリッと表情を引きしめて顔を上げたルアードは、自分は使える人間だとヒューバートに売りこみたいのだろうか。

「淑女教育に定評があるご婦人を知っています。その方に娘の再教育に協力してもらいましょう。私が全力で娘の気持ちを変えさせます。ですから――」

ため息をつき、ヒューバートは「話はそれだけか」と、くどくどと続きそうな実のない演説を断ち切った。ルアードが意表を突かれたような顔で静止する。なぜそこで驚くのか。

「俺は忙しい。くだらない話をこれ以上続けるつもりなら、近衛騎士につまみ出すよう命じるが、どうする」

「いや、あの、殿下、私はその、不出来な娘の愚かな行為を殿下にお詫びして――」

「ヒルデガードとはすでに話がついている。いくら父親といえども夫婦の仲に口を出すのはどうかと思うが」

怒気を隠さずに低い声で咎めると、ルアードは不快そうに口を歪めた。腹の中ではきっと、ヒューバートを「この青二才が」と罵っているにちがいない。ルアードに軽んじられていることくらい、ヒューバートは知っている。この男からはそもそも王室への敬愛が感じられないのだ。

「いえ、話はまだ終わりではありません」

退室を促そうとしたヒューバートの前に、ルアードは胸を張って一歩進み出る。

「側妃をお迎えになることについてです」

ヒューバートの中では白紙撤回が決定している側妃の件だが、まだ表立って動き出していない。とにかく一日も早くライアンのもとへ行くことを優先したかった。

「側妃を娶る件は俺の一存ではない。俺の知らないうちに議会で話し合われていたそうじゃないか。侯爵はその場に居合わせたらしいから、よく知っているだろう？」

「私は反対しました」

ルアードは苦々しげに顔を歪める。

「娘は王子を産みました。王太子殿下の後継には、私の孫、フィリップがいます」

「そうだな。俺もその点については侯爵と同意見だ」

「側妃となるターナー公爵とライト伯爵の令嬢には申し訳ないが、今後、何人の王子と王女が生まれようと、王太子殿下の第一子はフィリップに変わりはありませんぞ。フィリップだけが殿下の後継なのです」

ルアードは拳を握って力説している。

もう七歳になったフィリップは利発なたちだ。このまままっすぐ育っていけば、じゅうぶんに与えられた役割をこなすことができる人物になるとヒューバートは確信している。わざわざルアードから言われるまでもない。

「その点については、王太子殿下もよくよくご理解されているご様子。私、安心いたしました」

にっこりと笑ったルアードは、わざとらしいほどの慇懃《いんぎん》さで頭を深く下げる。言いたいだけ言って満足したのか、ルアードはやっと退室していった。

「殿下、ひとことといいか」

壁際に立っていたハウエルが口を開いた。

「なんだ？」

「ルアード侯爵はあまりよい噂を聞かない。よからぬ企てを考えているかもしれないから、ひそかに監視をつけてはどうだ？」

「監視か……。まあ、善良な男でないのはたしかだが、そこまでは必要ないだろう」

ヒューバートが却下すると、ハウエルは粘ることなく引き下がった。

やれやれと椅子に身をあずける。文官が気を利かせてお茶を淹《い》れてくれた。使い慣れたカップに、気に入っている茶葉。それなのに味がちがうのは、淹れたのがライアンではないからか。

微妙に美味《おい》しくないお茶を飲みながら、ヒューバートはライアンに思いを馳せた。

◇

賑やかな歌唱つきの演奏が終わると、観客が一斉に立ち上がって惜しみなく拍手をおくった。ライアンも周囲に倣って立ち上がり、拍手する。演奏の善し悪しはよくわからなかったが、舞台上の若者たちが自分たちなりの音楽を表現している一生懸命さは伝わってきた。

「本日の演目は以上です。ありがとうございました。お帰りの際には、出口に意見箱が設置してありますので、一番面白かった、楽しかった、心を打たれたなどの出演者がいれば用紙に書きこんで出してください」

舞台の端で最後の挨拶をしているのは双子の従弟の片割れ、キースだ。すっかり背が伸びて大人びたキースは、帰り支度をしている若い女性客たちから「きゃー、キース様～」と手を振られて笑顔を向けている。ライアンが十年間も故郷に帰らなかったあいだに、ジェイとキースは驚くべき変化を遂げていた。ちいさくて可愛らしかった二人は二十一歳になっており、ライアンの身長を超えた美丈夫に育っている。

　ライアンに気づいたキースが、背中でひとつに結んだ長い髪を揺らして舞台からひらりと降り、近づいてきた。すると周囲の視線も動き、ライアンもいっしょに注目されてしまう。

「あら、あれはライアン様かしら」

「そうよ。まあ立派になられて」

「王都からお戻りになったって聞いたぞ」

　こそこそと話す声が耳に入ってくる。領地にいれば当然のことなので、ライアンもキースを倣って笑顔で振り向いてみた。

「ライアン、このあとは隣の美術館へ行くのか？」

「そのつもりだ」

「じゃあ、あとで合流しよう。今夜はジェイと三人で外食しようよ。美味しい店を教えてあげる」

　笑顔で「あとでね」と去っていくキースは、好きなことをして地元に貢献しているからだろうか、生き生きとしていた。

舞台を中心にすり鉢状の客席が三百ほど設けられたこの劇場は、十年前にはなかったものだ。その隣には真新しい美術館が建てられている。どちらもジェイとキースが地元の芸術振興のために建てたという。

まだ幼い頃からジェイは美術、キースは音楽の才能を発揮しはじめ、十五歳のときから三年間、王都ではなく別の芸術の都と呼ばれる街へ留学した。その街へライアンは行ったことがなかったが、ジェイに街の風景のスケッチを見せてもらった。

海があり、山があり、街中には水路が何本も通っていて、他国との交易が盛んらしくさまざまな文化が混ざっているようで、楽しそうな場所だった。

十八歳で領地に戻ってきた二人は、さっそく地元の芸術振興のために動き出した。若者たちの学費援助からはじまり、留学時代に築いた人脈を駆使して資金を集め、劇場と美術館を建設した。もちろん叔父にも交渉して領地の予算からも出してもらったそうだ。

劇場と美術館が完成してからわずか一年で、ディンズデール地方領は芸術の街になりつつある。牧歌的な農業中心の地方都市だった城下街は、いまや芸術を志す若者で賑わい、楽器店や画材屋が軒《のき》を連ねていた。

すこしずつ人口が増加しているらしく、叔父はその対策に忙しそうだ。

地方都市としては王都への若者流出が防げて嬉しいのだが、政策が後手に回ると領民の不満は領主に向いてしまう。フレデリックは日々、役人たちと会議を重ねているらしい。

ライアンは劇場を出て、隣接している美術館へと入った。

二十五歳までの若者限定で募集した展覧会が開催されている。入口近くにジェイがいた。肩まである茶髪の毛先を赤く染めたジェイは、すらりと長い脚でライアンに歩み寄ってくる。

「ライアン、来てくれたんだ」

「さっきまで劇場にいたんだが」

「ああ、キースのところに。こっちも面白いから見ていってよ」

明るい笑顔で肩を抱いてきたジェイも、キースと同様にいつのまにかライアンより背が高くなっている。

「ほら、これなんか奇抜でよくない？　この作者は、色のセンスが抜群なんだ」

ジェイが解説してくれるが、ライアンはわかったふうに頷きながら頭の中では「？」がいっぱいだった。つくづく芸術音痴だと思う。この領地にジェイとキースがいてくれてよかった。

長期休暇を取って領地に戻ったのは、昨日のことだ。

馬車で十日かけてディンズデール地方領に入り、ライアンは十年ぶりに包まれた故郷の空気に強張っていた心が解《ほど》けていくのを感じた。そして城に着くと、勢揃いした家族からまっさきにフィンレイが飛び出してきた。

「ライアン！」

艶のある黒髪と黒い瞳のフィンレイは、もう三十代半ばになっているはずなのに変わらず若々しい。半年ほど前、夫婦揃って国の行事のために王都まで出てきたので顔を合わせていたが、領地で会うとまたちがった感慨がある。

「おかえり、ライアン」

慈しみが滲んだ声で、叔父のフレデリックが微笑む。

驚いたのは双子の従弟だ。十年ぶりに会ったジェイとキースはすっかり大人に成長し、ライアンより十センチは背が高くなっていたのだ。肩幅も広く、目の前に黙って立たれると威圧感すらある。

癖のあるふわふわだった茶髪はなぜか二人ともほぼ直毛になっていて、ジェイは肩まである髪の毛先を赤く染めているし、キースは腰まで長く伸ばし、大きな三つ編みにしている。王都には長髪の男がほとんどおらず、ライアンの目には奇異にうつった。けれど二人ともよく似合っている。

外見が変わった二人だが、しゃべりはじめると以前とまったくかわらなかった。

「うわぁ、ライアンだ！　本当にライアン！」

「会いたかったよ、どうして十年も帰省してくれなかったんだ？」

「可愛いな、ライアン、どうしてこんなにちっちゃくなった？　抱っこできちゃうだろ」

「ズルいぞキース、俺にもライアンを抱っこさせろ！」

わあわあと騒ぐ二人にもみくちゃにされるライアンを、フィンレイとフレデリック、使用人たちまで微笑ましげに眺めている。ライアンが「もういいかげんにしろ」と怒り出すまで、それは続いた。

翌日は朝から、領地の変化を見学させてもらった。

フィンレイからの手紙等で知ってはいたが、双子が領民のためにはじめた芸術振興事業には驚かされたし、増えた人口のための住居として郊外にあらたな集落ができていたり、城に仕える使用人たちの顔ぶれが変わっていたりしたが、自然豊かで牧歌的な空気は変わっていない。フィンレイが猟銃を背負って狩りに行くことも。

ライアンは十年ぶりにフィンレイの狩りに同行するため、射撃の練習をしてみた。以前から射撃の才能がないという自覚はあったが、ひさびさに訓練場を借りて猟銃を撃《う》ってみて、やはりあきれるほどに向いていないことがわかった。

木製の的は初心者用のかなり大きなものなのに、十発撃っても一発も当たっていない。

「あいかわらずだなぁ」

残念すぎて悄然としていたら、フィンレイに「まあ、練習すれば少しはマシになるよ」と慰められた。

ただの長期休暇なのに、使用人をはじめ領民たちは、側近になってから今年でちょうど十年になるので、それを区切りとして帰ってきたと勝手に解釈しているようだった。次期領主としてフレデリックから学びはじめるのならば、遅くもなく早くもないといったところだからだろう。

ライアンはヒューバートから離れるつもりはない。ヒューバートが必要としてくれる限り、このまま側近を続けると決めている。たとえ苦難が待ち受けていようとも。

だから折を見て、フレデリックに次期領主にはなれないと話そうと思っている。

ジェイとキースがしっかり地元に根付いているので、どちらかが領主になればこの地は安泰だろう。

長期休暇は一カ月だ。王都から領地までの往復で二十日間も使ってしまうため、領地での滞在は十日間。明日はフィンレイと山へ出かける予定になっており、ライアンはとても楽しみにしていた。

森の中は生き物たちの息吹《いぶき》に満ちている。

木々は葉を広げ、下草は勢いよく伸びていた。鳥たちは育児に精を出し、虫たちは元気に飛び回り、地を這っている。そんな生の営みを馬上から感じるたびに、ライアンは目を閉じて深呼吸した。

「このあたりは、とくに異常はないようだな」

フィンレイが周囲を見渡して呟く。

「そのようですね」

頷いたのは城の使用人の一人、バートという四十代の男だ。以前からフィンレイの狩りの供をしているがっしりとした体格の男で、領地内の地形や気候に詳しい。

去年の夏に長雨が降り、この近くの山で土砂崩れがあったそうだ。今日は晴天だが昨日まで三日間ほど雨天が続いたため、フィンレイは狩りの服装で領地の見回りをしている。ライアンはそれに同行した。ほかに役場の役人も一名、加わっている。

全員が猟銃を背負っていても、今日の目的は領地の見回りだ。仰々しく雨上がりの山を観察して回っては領民にいたずらに不安を与えるからと、フィンレイは昔からこういうときは趣味の狩りを装ってきた。

「ライアン、この一帯の山は地盤が緩い」

「そうなんですね」

「樹木の根が山を支えているんだ。適度に大木を育てて根を張らせ、平行して苗木も育てている。野生動物も大切だ。動物たちの糞尿と死骸、そして落ち葉が混ざって養分になる。土に栄養分がなければ樹木は育たないからね」

ライアンは頷きながら、優しい目で山を眺めているフィンレイの横顔をじっと見つめた。

先王の王子として生まれたフィンレイは、ヒューバートの異母兄にあたる。しかし似ているところは見つけられない。ヒューバートは顔立ちも体格も先王に似ているが、フィンレイはおそらく母親似なのだろう。

市井《しせい》育ちなのに王子として政略的な結婚を望まれ、フィンレイはこのディンズデール地方領までたった一人で嫁いできた。

フィンレイはどのようにしてフレデリックと愛を育んだのだろうか。

あの頃のことは、ライアンもよく覚えている。フレデリックは王家から命じられて、仕方なく結婚したようだった。ところがしだいにフィンレイと仲良くなっていき、ついには人目もはばからず抱きしめたりくちづけたりするようになった。

結婚してもう十七年ほどになるのに、その熱はまだ冷めそうにない。むしろ、双子が成人して育児が終わったからか、以前にも増してべたべたしているように思う。

王都に留学するまでは、ライアンも叔父夫婦のような結婚が理想だと素直に思っていた。たとえ政略結婚でも仲良くなれるのだと、希望を抱いた。自分もいつか相応の身分の花嫁をもらうことになるだろうから。

けれど王都でヒューバートに出会ってしまった。

「ライアン、疲れた？　大丈夫？」

フィンレイに声をかけられ、ハッと顔を上げる。いつの間にか俯いて考えこんでいた。

「いえ、大丈夫です。すみません、考えごとをしていました」

「少し休憩しようか」

フィンレイが気を遣って小川の近くで馬を止めた。日が当たる場所にブランケットを敷き、並んで座る。水筒の水で喉を潤した。バートと役人がそれぞれ二頭ずつ馬を引き、小川で水を飲ませる。水の音と鳥のさえずり、木々の葉が風に揺れる音に包まれた。

「森が騒がしいことを、思い出しました」

「そうだね、森は意外と騒がしい」

ははは、とフィンレイが自然に笑う。

「フィンレイは、叔父と結婚したことを後悔したことはありませんか」

ついそんな質問をしてしまった。唐突すぎたし、叔父夫婦とはいえ私的な部分に踏みこみすぎただろうか。フィンレイが目を丸くしたので、ライアンはすぐに謝罪した。

「すみません、不躾なことを聞いてしまいました」

「いや、いいよ。そうだね、ライアンももう二十六歳なんだから、そういうことを考えるよね」

フィンレイは微笑み、ブランケットに足を投げ出す。

「後悔なんてないよ」

「でも自分の意思で結婚に至ったわけではないですよね」

「もちろん、政略的な結婚だったよ。男同士でも結婚できるとはいえ、あたりまえのことではなかったし。僕の場合、国王からの命令だったから縁談を断るという選択肢はなかった。でも僕はフレデリックを好きだったから、喜んで嫁いできたんだ」

「叔父を好きだったんですか？」

ライアンはそんなこと知らなかった。照れくさそうにフィンレイは俯く。ほんのりと耳が赤くなっていた。

「国の行事でたびたび見かけるフレデリックが格好よくて、ずっと憧れていたんだ。だからぜんぜん嫌じゃなかった。来てみたらディンズデールはとても自然が豊かで美しくて、領民もいい人ばかりで、フレデリックの甥《おい》っ子たちも可愛くて、僕は幸運だったと思う」

フィンレイは最初からライアンたちに優しかった。次期領主として厳しく育てられていたライアンにとってフィンレイとの交流は息抜きになっていたし、まだ幼かったジェイとキースは甘えられる対象が現われて情緒が安定した。

そしてフレデリックは愛する人を得て、常に張りつめていた気を緩めることを覚え、精神的なゆとりを得たように見えた。ディンズデール家にとってフィンレイは救世主のようなものだった。

「フィンレイを尊敬します」

「大袈裟《おおげさ》だな」

照れくさそうにフィンレイは笑う。

（私は覚悟と我慢が足りなかった……。結婚も側妃も、王太子としての務めなのに）

伴侶と側近は役割も意味もちがうから比較のしようがないことはわかっている。けれどフィンレイのようになにがあっても、生涯相手を支えていくという強い信念が、ライアンには足りなかった。だから心が乱れて、疲労として表に出てきてしまったのだろう。

ただヒューバートの側にいることが嬉しくて、心のどこかで尽くしていればなにかが報われるのではと期待していたような気がする。そんな日は来ないのに。

「そろそろ帰ろうか」

太陽の角度を見て、フィンレイが腰を上げた。バートがブランケットを片付け、四人は騎乗する。フィンレイは領民たちに顔を知られているので、荷馬車とすれ違っては挨拶され、農家の庭先では声をかけられて雑談をした。フィンレイはいつも笑顔で領民たちに応じ、朗らかに会話をする。

「フィンレイ様、今年も豊作です。どうかこれを持っていってください」

農作業の手を止めて、老いた農夫が木イチゴと赤スグリがたくさん入ったカゴを差し出してきた。果実を生産している農家なのだろう。

「こんなにたくさんもらってもいいの？」

「ぜひ城のみなさんで食べてください。木で完熟したものですから、市場で買うものより美味しいですよ」

「ありがとう。いただくよ」

フィンレイが受け取ったカゴを、バートが馬にくくりつける。農夫は心から嬉しそうな笑顔で見送ってくれた。

フレデリックの前の領主時代から地道に灌漑《かんがい》施設を整備してきたので、領地内の農地はどこも豊かに実っている。もともとディンズデールは肥沃な土地が多く、農耕と酪農が盛んだったのだが、場所によっては水不足が問題だった。農業用水を隅々まで行き渡らせる設備に投資し、それが実っている。肥料の改良も行われていると聞いた。領地独自の食物の品種改良の研究も進んでいるらしい。

フレデリックは理想的な領主だと思う。あらためて尊敬した。

夕暮れ前に城へ帰りつくと、仕事を終えたフレデリックが待っていた。夕食前にすこし話をしようと談話室へ誘われる。

お茶を飲みながら、フィンレイがフレデリックに今日のあれこれを雑談まじりに報告した。ライアンがフィンレイたちの結婚について質問したことまで話されてしまう。横で相槌をうっていたライアンに、フレデリックが微笑みかけてきた。

「ライアンが私たちの結婚について質問したのは、もしかしてはじめてじゃないか?」

「そうかもしれません。子供のころは大人の事情に触れるのは禁忌だと思っていましたし、成人してからはずっと王都にいたのでそうした話をする機会がありませんでした」

「ライアンももう二十六歳か……。そろそろ結婚を考えてもいいころかもしれないな」

さらりとそんなことを言われ、ライアンはカップを持つ手を硬直させた。

「え？」

「それほど驚くことではないだろう？　二十六歳でまだ婚約者もいないのは遅いくらいだ。じつはライアンにいくつか縁談が来ている。真剣に検討してみるかい？」

「でも、あの……」

「私が昔から懇意にしている貴族ばかりだから、信用がおける家の令嬢だぞ。たとえば、アンリ公爵家の三女とか――」

フレデリックは邪気なく具体的な話をしはじめた。いきなりのことで、ライアンはなにも言えない。たしかにそろそろ結婚話があってもおかしくない年齢になった。むしろ遅いくらいだというのもわかる。王太子の側近は未婚でなければならないといった決まりもない。

しかし、ライアンは自分が女性を相手にできるとは思えなかった。

もうずっと、ヒューバートしか見てこなかった。彼と肉体的に親密な関係になりたいと願ったことも想像したこともなかったが、他のだれかとそういう関係になりたいと思ったこともない。

ライアンは性的な経験がまったくなかった。異性とも同性とも。

十二歳のときからヒューバートの学友として側に居続け、側近になってからもほとんどの時間を彼に捧げた。仕事以外で人と関わりになる機会はなく、ごくまれに誘われたとしても仕事の邪魔だとしか思えず断っていた。ライアンの世界はヒューバートだけを中心に回っていたのだ。

機嫌よくぺらぺらと喋っているフレデリックに困惑しつつ、ライアンはフィンレイをちらりと見た。はっきりと救いを求めている目をしたからか、フィンレイは気づいてくれた。

「フレデリック、急な話すぎてライアンが困っていますよ」

「あ、そうか？」

ハッとした顔になり、フレデリックが話を切り上げる。気まずい空気になった。

「すまなかった、ライアン。そうだな、結婚は急がなくていい。ゆっくり考えてくれ」

「……はい」

そこで使用人がフレデリックを呼びに来て、いったん解散となった。まだ夕食までには時間があったので自室へ戻ろうとしたライアンを、フィンレイが呼び止めてくる。

「ライアン、本当に結婚は急がなくていいから」

茶器を片付けている使用人たちに聞こえないよう、フィンレイは小声で言った。

「いやだったら、無理に結婚しなくてもいい」

「それは、でも」

「今回の帰省は休養が目的だろう？　余計なことを考える必要はないんだよ」

とんとん、と優しく背中を叩かれて、ライアンは申し訳なさに項垂《うなだ》れた。

ただでさえ、王都に戻る前にフレデリックに「領主にはなれない」と言うつもりなのに、ヒューバートを愛している、女性との結婚など考えられない、とまで打ち明けたらどれほど落胆させるか――。

けれど心がすれ違い、うまくいかずに冷えていくばかりの夫婦がどういうものなのか、ライアンはヒューバートを見て知っている。愛せないとわかっていて結婚することは、自分にはできなかった。

「大変だ！」

談話室を出て行ったばかりのフレデリックが焦った表情で駆けこんできた。

「どうしました？」

ただならない様子にフィンレイが尋ねる。

「王太子殿下がいらっしゃった」

「えっ？」

「ヒューバート殿下だ」

パッとフィンレイがライアンを振り返る。

「知っていたの？」

「まさか！」

なぜ、どうして、と疑問ばかりが頭に浮かび、ライアンはヒューバートがこんなところまで来た理由が思いつかない。

「殿下はなにをしに……十日もかかるのに」

「馬を飛ばして五日で来たようだ」

「五日で？」

大切な身でどうしてそんな無茶をしたのかと、怒りがわいてくる。文官たちは止めなかったのか、ハウエルはどうしてそんな暴挙を許したのか、と呆れてしまう。

「殿下の体調は？」

「体調？　いやとくに、元気そうだったが」

フレデリックがあっさりと答えたので、ライアンはひとまず安堵した。いやいやホッとしている場合ではない。

「とにかくお会いします」

ライアンはフレデリックを押しのけるようにして談話室を出て、急ぎ足で応接室へ向かった。

ライアンに会いたい。ただそれだけを胸に、ヒューバートは馬を走らせた。

ひたすらディンズデール地方領へ向けて、途中の村で宿に泊まり、馬を替える。天候に恵まれたのは幸運だったたし、ライアンに会えると思うだけで活力が無尽蔵に湧いて出てくるようだった。

◇

おかげで予定通り五日で目的地に到着できたのだ。

「おお、あれがディンズデール家の城か」

地方領としては立派な規模の城が見えてきて、ヒューバートは心を躍らせた。同行しているハウエルをはじめ近衛騎士たちも「着きましたか」と安堵の声を上げている。

先触れも出していなかったため、ヒューバート一行の訪れにディンズデール家の城はちょっとした騒ぎになった。

奥から飛び出してきた金髪碧眼の美丈夫は、ヒューバートを見て目を丸くした。

「王太子殿下！　いったい何事ですか？」

「これは領主殿、おひさしぶりです」

馬から下りて恭《うやうや》しく礼をすると、フレデリックも慌てたように礼を返してきた。ディンズデール地方領の領主とは、国の行事で何度か会ったことがある。しかし個人的に親しく会話する関係ではない。この男はアーネスト国王の強力な後ろ盾となっている。そのせいで、なんとなくヒューバートは懇意にしていなかった。

ただいまだけは、フレデリックの伴侶がヒューバートの兄であることを利用させてもらおうと姑息なことを考えている。

「突然申し訳ありません。ライアンに会いに来たのです。どうしても会って話したいことがありまして、馬を飛ばして五日でたどり着きました」

「えっ、五日で？」

フレデリックは困惑もあらわだったが、ヒューバートは構わずに「ライアンはどこですか？」と聞いた。すぐにでも会いたいという態度を示せば、ライアンを呼んでくると言ってくれた。

ヒューバートは使用人に促され、応接室へと移動する。ハウエルだけがついてきて、他の近衛騎士は別室へ案内された。ディンズデール家の城は、聞いていたとおり華美ではなかった。しかし質のいい家具調度品が揃っていて、何代にも渡って大切に使っているのがわかる。なるほど、こういうところが代々の国王に気に入られてきたのかと、ヒューバートは納得した。

しばらくすると、フレデリックがライアンとフィンレイを連れてきた。

（ライアン、ライアン、会いに来たぞ、ライアン）

心で呼びかけるが、当然のごとく通じない。ライアンは戸惑ったような顔をしていた。

「兄上、突然の訪問、申し訳ない」

「とても驚きました。わずか五日でここまで来られたとか。日頃から鍛えていらっしゃるから、そんなことができるのですね」

　黒髪黒瞳の異母兄は、にっこりと微笑みながら礼をしてくる。柔らかそうな雰囲気の持ち主だが、フィンレイが意外と油断ならないことを知っていた。かつてこの地で起きた事件の報告書を、ヒューバートは成人後に取り寄せて読んでいる。フィンレイが大活躍したことも書かれていて、驚いたものだ。

「領主、兄上、ライアンと話がしたいのだが、いいだろうか」

　ヒューバートの願い通りに、フレデリックとフィンレイが応接室から出て行く。部屋の隅に立っていたハウエルも視線で命じて退室させた。

「ライアン、突然ですまない」

「本当に突然でしたね。私は一昨日、ここに着いたばかりです。殿下はなぜディンズデールへ？」

「おまえを迎えに来た」

「迎えに来てもらわなくとも帰りますよ？」

　ライアンが不思議そうに小首を傾げる。可愛い。愛を自覚して以降はじめて会ったせいか、いままで以上にライアンのすべてが愛らしく輝いて見える。

「予定通りに帰るつもりだったのならよかった。その、ライアンは領主殿の後継だろう。もしかしてもう王都に戻ってこないのかもと、考えてしまって」

軽い口調で言ってみたら、あ、とライアンが顔色を変えた。

「そんな、まさか、あくまでも今回は休暇で帰省しただけなので、王都に戻ります」

慌てたように早口になったライアンに、にっこりと微笑んで「そうか」と頷いたヒューバートだが、心の中で「迎えに来てよかった！」と叫んでいた。ライアンはやはり引き留められているのかもしれない。すんなりと王都に戻れず休暇を延長することになっていたら、そのままずるずると――という展開もあり得る。

「ではライアンが帰る日に、俺もいっしょに帰ろう」

「私は馬車で十日かけて戻るつもりですが……」

「俺もおまえの馬車に乗せてくれないか。やはり五日で駆けてきたのは大変だった」

「あたりまえです。日頃から訓練している騎士でもあるまいし、わずか五日で駆けてくるなんて無茶をして。どこか具合を悪くしていませんか？」

「んー、そうだな、背中とか腰がすこし痛むかもしれない」

「背中と腰ですか」

とくに痛みはなかったがそう言ってみたら、ライアンは大真面目な顔でヒューバートの背後に回り、「このへんですか？」と揉みはじめた。ぐいぐいと押されて痛気持ちいい。これが効いているのかどうかは別として、ライアンが世話を焼いてくれることが嬉しかった。

とりあえず愛想を尽かされているわけではないらしい。よかった。

「ここに滞在中、殿下はなにをなさいますか。ディンズデールははじめてですよね。よろしければ私が領地を案内いたしますけど」

「ああ、それはいいな」

背中を揉まれながら、ヒューバートはニヤけてしまった。二人きりで――護衛はいるが――領地の散策。十一日間もライアンなしで過ごしてきた褒美のようだ。一日中、ライアンと二人でいられるのはいつ以来だろう。できれば滞在中はライアンを一人占めしたい。

そしてそのあとは、十日間の馬車の旅を共にできる。ここで今日急いで告白しなくとも、たっぷりと時間があるのは嬉しい。

「殿下、この大事な時期に王城を留守にしてよかったのですか」

「俺もすこし休みたかったのだ。あれこれと疲れてしまってな」

「そうですか」

ライアンの声が尻すぼみになり、揉んでいる手から力が抜けた。「どうした？」と振り返ると、ライアンが俯いている。ヒューバートはいまの会話を思い返し、またなにか無意識のうちにライアンを傷つけていないか考えた。ライアンが口にした「大切な時期」というのは、もしかして側妃を娶る前の準備中であることを指しているのかもしれない。

そうだ、肝心なことを話していなかった。

「ライアン、側妃の件は白紙にしようと思っている」

「……え……？」

すぐには意味が理解できなかったのか、ライアンが一拍遅れて視線を上げた。

「陛下に対するあてつけのようにして娶ることを決めてしまったが、愛せないとわかっているのに迎えるのはやはり残酷だと思った。ヒルデガードのように不幸な女性を増やすだけだ」

「それは、そうかもしれませんが、でも、陛下が命じられたのに、いまさら断れるのですか。子供も生まれなくなります」

「俺の後継はフィリップがいる。陛下には、わかってもらうしかない。ヒルデガードとも正式に離婚したいと考えている」

息を呑み、ライアンが「そんな…」と呟く。

「ヒルデガードが離宮まで来て、そういう話をしていった。彼女はいまの恋人とあたらしい生活をはじめたいんだろう。王太子の離婚は前代未聞だから、こちらの件でも陛下を怒らせそうだ。王城内で孤立するかもしれん。ライアンはそんな俺に幻滅《げんめつ》するか？」

試すようなことを口にしているとわかっていながら、ヒューバートはつい言ってしまった。ライアンが眉間にきゅっと皺を寄せる。

「幻滅など、するはずがありません。私をみくびらないでください。なにがあろうとお仕えしますと誓ったのをお忘れですか。殿下が熟考した末の結論ならば、私は支持します」

「俺がもし王太子でなくなっても、どこか僻地へ飛ばされてもついてきてくれるか？」

「もちろん、どこへでもついていきます」

ライアンはきっぱりと、潔《いさぎよ》く宣言してくれる。やっぱりライアンはライアンだった。

数日離れただけで不安に苛まれていた自分が情けない。どうして信じられなかったのか。

愛しさがぐっと腹の底からこみ上げてきた。

「ありがとう、ライアン」

ヒューバートはライアンの背中に腕を回し、きゅっと抱きしめた。ライアンもそっと抱き返してくれる。幸福感がじわじわと心に染みていくようだった。

もう何度もこのていどの触れ合いはあったが、ヒューバートの気持ちが鮮明になったせいだろうか、ライアンへの愛しさが溢れてくる。溺れそうだった。

「殿下？」

「しばらく、このままで」

訝しげな声を出したライアンの腰をさらにぐっと引き寄せる。ライアンの首元からは、いつものように心を落ち着かせる優しい匂いがした。

何種類か用意された寝台の敷布の肌触りを、ライアンはすべて確認していった。

「殿下がお好みなのは、きっとこれだ。これを使いなさい」

「わかりました」

ライアンが選んだ敷布を、使用人が寝台に広げる。それをライアンは離れたところから見守った。城の中に用意されている賓客《ひんきゃく》用の客室だ。長いこと使用されていなかったが、いつでも使えるように使用人たちの手でつねに掃除されていた。

そこをヒューバートのために、ライアンが指示を出し、急いで準備している。

◇

「あの、ライアン様」

厨房の使用人が、献立の相談をしに来た。それにもライアンは細かく指示を出し、食前酒から食後のお茶の銘柄までヒューバートの嗜好を細かく説明する。

「では、すべてそのようにいたします」

使用人はライアンの言葉を真剣に聞いたあと、ホッとしたように下がっていく。

通常、王太子ほどの身分の高い来客があったなら歓迎の晩餐会《ばんさんかい》を開くところなのだが、あまりにも急だったために準備が間に合わない。隣の街に出ていて今夜は外泊の予定だったジェイとキースも、夕食の時間までに城に戻ってこられない。歓迎の晩餐会は明日の夜にすることにした。今夜はいつも領主家族が食べている料理を出すと決まっている。その点についてヒューバートに説明したのはライアンだ。当然のことながら、一切の文句は許さなかった。

突然の王太子訪問に浮き足立っていた城の使用人たちだが、ヒューバートのことならなんでも熟知しているライアンに頼ることで、落ち着きを取り戻しはじめている。

「ライアン様、水差しの大きさはこれでいいでしょうか。それと、コップはどれが――」

「こっちの方が、殿下がいつも使われているものに大きさと形が似ている。こっちにしよう」

「わかりました」

まさか王都の外でヒューバートのために部屋を準備するとは思わなかった。でもまったくいやじゃない。むしろ楽しい。自分はこんなにもヒューバートのためになにかをすることが幸せなのだ。

（……本当に妃殿下と離婚されるのだろうか……）

さっき聞いた話が信じられない。ヒルデガードとは一年も会っていなかった。離婚を望んだということは、恋人とうまくいっているのだろう。それ自体は喜ばしいけれど、ヒューバートはどう思ったのか気になる。最初から二人の関係はあまりよくなかったとはいえ、九年間も夫婦だったのだ。なにか胸に過るものがあっただろう。

さらに、ヒューバートは側妃を娶らないと決めたと言った。

側妃候補の中からすでに二名を選び、離宮の改装工事が予定されていた。いまさら白紙にできるのか、ライアンにはわからない。ただ国王アーネストからの心証が悪くなるのは決定的だ。アーネストとのあいだに溝ができては、今後、ヒューバートの立場が悪くなるのではと思うと、ライアンは落ち着かない。

「ライアン、なにか困ったことはない？」

声をかけられて振り返ると、フィンレイがいた。ライアンの命のもと、てきぱきと客室を整えている使用人たちを、フィンレイも眺める。

「君がいてくれてよかったよ。王太子殿下のことをだれよりもよく知っているからね。でもまあ、君がいなければ王太子殿下もこんなふうに突然来ることはなかっただろうけど」

「お騒がせして申し訳ありません」

つい謝罪してしまったら、フィンレイはクスクスと笑った。

「まるでライアンが殿下の保護者のようだな」

「そんなつもりはありません。恐れ多くも――」

「わかっているよ」

背中をトントンと叩かれて、ライアンは俯いた。

「それで、二人きりになったとき殿下になにか言われた？」

「迎えに来たと言われました。どうやら殿下は、私が引き留められて王都へ戻ってこないかもしれないと考えていらしたようです」

「あー、そういうこと」

フィンレイはため息をつき、「あの我《わ》が儘《まま》王子、大人になってもちっとも変わっていない」と呟いた。

「人間の本質というのは、そうそう変わらないんだね。図体ばかりが立派になっても中身は末っ子王子のままだ。君は側近としてずいぶんと苦労したんじゃない？」

さすが異母兄だ。王太子相手に、フィンレイは容赦がない。

「苦労というか、その、やり甲斐はありました」

「ものは言いようだな」

フィンレイはライアンをまっすぐ見つめてきた。

「王太子殿下が危惧《きぐ》したように、このまま領地に留まってもいいんだよ。側近なんて辞めてしまえばいい。領政の方がよほどやり甲斐があるんじゃないかな」

「フィンレイ……」

ライアンが困惑した顔をしてみせると、フィンレイは肩を竦める。

「まあ、絶対に領主になれと言っているわけじゃないからね。ライアンが望むようにしてほしいと思っている。それが君の幸せだろうから。たとえ血が繋がっていなくとも、ライアンは私の大切な息子だ。我が儘王子などに振り回されていいように使われているだけなら、黙っていられないから」

　フィンレイは鼻息が荒い。先触れもなく馬を駆けさせてやって来たヒューバートの勝手な振る舞いに、腹を立てているようだ。

　フィンレイの家族愛を嬉しく感じ、ライアンは笑ってしまった。

「ライアン、笑いごとじゃない」

「すみません」

　こほん、と咳をして姿勢を正す。

　そうしているうちに客室の用意が整い、応接室で待たせているヒューバートを呼びに行かせた。ハウエルを伴ったヒューバートが現われたので、使用人の中から気が利く者を選抜し、王太子専属として控えさせることを説明する。

　使用人たちを紹介したが、ヒューバートはあまり関心を示さず、ライアンの顔ばかり見ていた。あまりにも見つめられすぎて顔が熱くなってくる。

「では、夕食までゆっくりとおくつろぎください」

　そう言い置いてライアンは客室を出る。引き留められることがなかったのは、ヒューバートも疲れていて少し休みたかったのだろう。

ハウエルを目で呼び、廊下に出てきてもらった。

「いったいどうして急にここへ来ることになったのですか」

「殿下の要望に決まっているだろう」

ハウエルはさらりとそう言う。それはそうだろうが、とライアンは詰め寄った。

「王太子としての職務はどうしたのです。それに、わずか数人の近衛騎士だけをつけて、五日でここまで駆けてくるなんて、大切な殿下の身になにかあったらどう責任を取るつもりだったのです？」

「まあまあ、そんなに怒るなよ。無事に到着したんだからいいだろう」

ハウエルは力なく笑う。さすがに疲れているようだ。ハウエルだけを責めるのはちがうと、ライアンは我に返る。

「すみません、つい……」

「いや、予告もなく殿下がこんなところまで来たらだれでも驚くさ。できれば帰りはゆっくり十日かけてほしい。殿下はあんたといっしょに帰ると言ったか？」

「そのつもりだと聞きました」

「明日の殿下の予定は？」

「私が城下街の案内をすることになりました」

「わかった。護衛はどうする？　俺はついていくが、ほかの騎士たちは休ませてやりたい。

ここの領兵を二、三人ほど借りられないか?」

「では叔父に頼んでおきます」

ハウエルといっしょに騎士たちの控え室まで行き、ライアンは滞在中の護衛についての話し合いに加わった。

翌日は朝食後にヒューバートと街に出た。護衛はハウエルと領兵三人。一応はお忍びだったが、非常に目立った。

王太子のディンズデール訪問は、フレデリックが極秘にすると決めた。けれど護衛の騎士が四人もつき、ライアンが案内していることから、よほど身分が高い人物が来たとわかる。領民たちは騒ぐことなく遠巻きにしていた。注目されてライアンは視線が気になったが、ヒューバートはご機嫌だった。

「ライアンとこんなふうに街を歩くなんて、何年ぶりだろう」

にこにこと笑顔で言われ、ライアンは胸がふんわりと温かくなった。

学生時代には、よく二人で王都下の公園を散策したり、ちょっとした菓子を買い食いしたりした。あのころの純粋な気持ちがよみがえってくる。ライアンはただヒューバートを守ってあげたいと思っていた。自分よりも小柄な王太子が、これからどんな困難に直面するのかと思うとかわいそうだった。

(まさか、こんなにも立派な体格になるなんて)

ライアンは隣を歩くヒューバートを見上げた。体だけでなく内面も成長して、いまや頼りがいのある王太子だ。私生活の自立が多少足りなくとも、侍従がいるので問題はない。

「おお、これが建設したばかりだという美術館と劇場か」

「ようこそいらっしゃいました」

隣り合うジェイの美術館とキースの劇場の前には、その双子が待ち構えていた。ヒューバートは建物内を見て回り、若い芸術家たちとも交流した。双子が力を入れている芸術振興に興味があるようで、ヒューバートは熱心に話を聞いている。

王都に戻ったらなにかあたらしいことをはじめようとしているのかもしれない、とライアンはその様子をしっかり記憶していく。

街中で評判だという飲食店で昼食を取ったあとは、馬車で郊外まで足を伸ばした。ヒューバートが灌漑施設を見学したいと言ったからだ。ハウエルたちは騎乗して馬車を囲み、一行は注目されながら移動する。

郊外の農業地帯は、生き生きと輝いていた。牧草地には青い草が茂り、農夫たちが大きな鎌でそれを刈っている。柵で隔たれた場所では牛と馬がのんびりと草を食む。また別の場所では麦の収穫をしており、さらに隣の農地では夏野菜の苗が植えられていた。

ディンズデール地方領の食糧自給率は人口の倍以上もあり、王都に運ばれて都民たちの腹も満たしている。

「素晴らしいな」

高台にのぼり、広大な農地を見渡したヒューバートが感嘆の声を上げる。ライアンも誇らしい気持ちになっていた。

「歴代の国王がディンズデールに一目置いていたのは当然だ。この地は素晴らしい。地理気候に恵まれていたことに甘えることなく、地道に努力して見事な灌漑施設をつくりあげた。王都民はもっとディンズデールに感謝すべきだな」

「殿下にそこまで言っていただけたと知れば、農民たちは歓喜するでしょう。ありがとうございます」

「ライアン」

ヒューバートが振り返り、ライアンを見つめてきた。爽やかな風が吹き、彼の柔らかな髪を靡《なび》かせる。茶色い髪に陽光が弾けて、輝いて見えた。きれいだなと見つめていると、ヒューバートが一歩、距離を詰めてきた。

「殿下？」

まるでライアンを守るように、腕の中に囲われる。抱きしめられたような体勢になり、ライアンは焦った。このくらいの抱擁は珍しくないが、景色を見ていただけなのにいったいどんな流れでこうなったのかわからない。ヒューバートの腕を解こうとしたがますます抱き竦められた。

「殿下、あの、どうしました？」

問いかけながらハウエルに助けをもとめようと視線を巡らせたら、いつのまにか高台には二人きりになっている。領兵たちもいない。

「ライアン」

目を覗きこまれ、きゅっと胸が苦しくなった。鼻先が触れるほどに顔が近づいてくる。

「殿下、あの、近いです……」

「わざとだ」

「殿下」

「おまえを愛している」

息を呑んだまま唖然としたライアンに、ヒューバートがもう一度くりかえす。

「愛しているよ。心から」

うそ、とこぼれた。うそだ、とまた困惑が口から出る。

ライアンはヒューバートの腕から逃れようともがいた。泣きそうだった。こんなこと、あるはずがない。ヒューバートはそんなこと言わない。

学友として十二歳のときからそばにいた。側近として十年間も仕えた。そのあいだ、ヒューバートはそんな素振りを一度として見せなかった。頼りにされ、好かれているのはわかっていたが、彼から感じたのは家族愛に近いものだけだった。

「殿下、冗談はやめてください」

「冗談なんかで言えるか」

「私は融通《ゆうずう》が利かないおもしろみのない人間なので、冗談や嘘を笑って聞き流せません」

「嘘じゃない。こんなところまで会いに来て、どうしてわざわざ嘘をつかなければならない？　いままで気づかなかったんだ。俺はライアンに甘えていた。おまえが全身全霊をかけて俺を支えてくれていたから、俺はそれで満たされてしまって、自分がライアンをどう思っているのかわかっていなかった」

「やめてください」

「いや、言わせろ。そしてちゃんと聞け」

ヒューバートから離れたくても腕ががっちりと囲ってしまって動けない。体格差を思い知らされた。

「ライアンが休暇に入ったとたん、俺はなにもできなくなった。自分でも驚いた。たった数日で、ここまでおまえを恋しく思うなんて、と」

「それは錯覚です。十年間、片時も離れなかった私がいなくなったから、そう思っただけです」

「いや、ちがう。これは錯覚などではない。俺の真剣な思いを気の迷いのように言ってくれるな。悲しいだろうが」

ヒューバートが苦しそうに顔をしかめた。

本当なのか。本当に、自分を愛してくれていると？

ライアンの想いは一方通行ではなかった？　二人は想い合っていた？

「殿下……本当に……？」

「本当だ。俺は思い知らされたんだ。どれだけおまえを必要としているか、だれも代わりにならないということを。俺はずっとライアンを愛していたと、やっと気がついた。だからヒルデガードとも離婚するし、側妃は娶らないと決めた」

「ああ……っ」

歓喜と絶望が同時に襲いかかってきた。自分の存在のせいでヒューバートは国王の怒りを一身に受けることになるのだ。愛する人を窮地に追いやるのが自分だなんて。

「私のせいですか、私の……」

ギョッとしたようにヒューバートが目を丸くし、慌てて否定してきた。

「ちがう。言い方が悪かったな。おまえのせいなんかじゃない。俺は一人で考えて、そう決めたんだ。断じてライアンのせいじゃない。顔を上げてくれ。すまない。俺は本当に繊細さのかけらもない鈍感男だ」

「どなたかに、そう言われたのですか」

いままでそんな言葉を口にしたことがないのに、とライアンは違和感を覚える。

「ヒルデガードに言われた。鈍感は罪だと」

彼女ならばヒューバートにそう言って詰る権利があった。

「俺は自分勝手で、どうしようもなく鈍くて、男の風上にも置けなくて、一人では仕事もできなくて、泣きごとばかりを言っている王太子失格の王子だ。渾身《こんしん》の口説きにも失敗しているし」

「……そこまで言わなくてもいいと思います」

言い過ぎだ。ずいぶんと頼もしくなったとライアンは評価しているのに。

ふにゃ、とヒューバートが表情を緩めて、鼻先が触れるほどにまた顔を寄せてきた。

「ライアン、愛している」

囁かれて、つい許してしまった。唇が触れることを。

確かめるように、軽く吸われる。魂まで吸われてしまうような感触に、ライアンは一瞬で腰が砕けそうになった。ヒューバートに抱きしめられていなければ、その場に座りこんでいただろう。

長い間、心の奥底に蓋をして閉じこめていた想いが、一気に膨れあがる。蓋がはじけ飛び、体いっぱいに広がった。

愛している、愛している愛している——。

嬉しくて、想いとともに涙が溢れてきた。

「ライアン、泣き顔もかわいいな。顔が真っ赤だ」

頬を伝う涙を指ですくわれ、さも愛しそうに囁かれてしまい、胸がいっぱいになる。なにも言葉が出てこなくて、なんと言っていいかわからなくて、けれど二度目のくちづけも拒むことなく受け入れた。

また唇を軽く吸われて、離れる寸前にぺろりと舐められる。全身に痺《しび》れに似た甘い衝撃が走った。

だれとも親しい付き合いをしたことがなかったライアンにとって、これがはじめてのくちづけだ。完全にヒューバートに身を委ね、とろんとした目で愛しい男を見上げた。

「殿下……」

「信じてほしい。おまえが俺のすべてだ」

きっぱりと言い切ったヒューバートは、とてつもなく格好よく見えた。

◇

思い描いていたような、理想的な告白ができてヒューバートは満足していた。

ライアンははっきりと返事をくれなかったが、ヒューバートを拒絶していないことくらいわかる。くちづけをしても怒らなかっただけでなく、泣いて頬を赤くしていた。

郊外から城へ戻るあいだも、二人きりの馬車の中でヒューバートが手を握ると、はにかみながら握り返してくれた。これはもう両想いになったも同然ではないか。あえて言葉を引き出そうとしなくとも、じゅうぶんだと思った。王都に帰ったあとは国王との対決が待っているが、ライアンとの幸せな日々のためには絶対に勝ってみせる。

離宮の改装をちがうかたちで進めてもいいなと、ヒューバートはライアンの手をにぎにぎしながら考えた。ライアンを離宮に住まわせよう。自分とフィリップとライアンと、ときどき母と仲良く暮らすのだ。

寝室はライアンといっしょにする。そうすれば一日の終わりにライアンの顔を見ることができ、朝起きたら一番にライアンの顔を見られる。おはようのくちづけをして、気持ちよく一日がはじめられるではないか。

「殿下、顔が崩れまくっています。大丈夫ですか」

愛の日々を想像していたらライアンに心配されるほど鼻の下が伸びていたらしい。ヒューバートはどうしてもニヤけてしまう顔で「変か？」と聞いた。

「変というか、その……」

もごもごと口ごもるライアンがじんわりと頬を赤くするから可愛くて、ヒューバートはその頬にチュッとくちづけた。頬は熱かった。

「おまえがこんなふうに触れることを許してくれたからだ」

「殿下、窓が開いています」

慌ててライアンが馬車の窓を閉める。そちら側にはハウエルが併走していたので、見られていたのかもしれない。

「隠さなくてもいいだろう。俺たちはなにも悪いことはしていない。我が国は同性愛を禁忌としてはいないぞ」

「でも、恥ずかしいです」

耳まで朱に染めていくライアンが、食べてしまいたいくらいに可愛い。そうだ、食べてしまいたい。ライアンのすべてを自分のものにしたい。

ヒューバートはごくりと生唾を呑んだ。

「ライアン、おまえさえ許してくれたら、今宵――」

「殿下、到着しました」

外からハウエルの声がして、邪魔をされた。せっかくいい雰囲気で今夜の約束を取り付けようとしていたのに。

馬車はゆっくりと減速し、停止した。外側から扉が開かれて、城の正面玄関にフレデリックとフィンレイが立っているのが見えた。二人揃って出迎えてくれるとは、大袈裟だなと不審に思う。

「お帰りなさいませ、王太子殿下」

フレデリックが硬い表情で頭を下げながら、馬車から降りたヒューバートに書状を差し出してきた。

「たったいま王城から急使が来て、これを届けてくれました」

「なんだ？」

王城から急使とはただ事ではない。ヒューバートはその場で開封した。

「なんと……」

衝撃的なことが書かれていて、ヒューバートはにわかには信じられなかった。

「殿下、王都でなにかあったのですか？」

心配気なライアンに、ヒューバートは手紙を渡す。一読したあとライアンはサッと顔色を変えた。

ヒューバートの側妃候補、ライト伯爵家のルシアンナ嬢が王都郊外で野盗に襲われ、亡くなったという知らせだった。

フレデリックとフィンレイは書状の内容を知っていたようだ。おそらく急使は王城からの書状だけでなく、ディンズデールの関係者からここへ事件を知らせる文書も運んできたにちがいない。

「ライト伯爵家のルシアンナ嬢は、殿下の側妃候補の一人ですよね？」

フィンレイが確信をこめて尋ねてきた。ヒューバートが側妃を娶ることについては、まだ公表されていない。けれど王都の主な貴族たちはすでに噂として耳に入れている。ただどこの貴族家のどの令嬢なのか、はっきりとした名前は限られた者しか把握していないはずだった。

「兄上、発表前の側妃候補をなぜ知っているのだ」

「われわれは常に王都で情報収集をしています。地方に住んでいても、世知に疎いということはありません」

「その返事は、俺の質問の答えになっていない」

フィンレイはふふんと意味深に笑う。ディンズデールはただの優等生ではないということか。王城のどこに諜報活動をしている人間がいるのか、ヒューバートは気になった。

「まあ、その点については置いておいて、この事件、ちょっと引っかかります」

フィンレイは笑みを消して思案気な表情になった。

「不運にも野盗に襲われた事件というわけではないというのか」

「王都郊外への外出がどういった理由だったのかは知りませんが、伯爵家のご令嬢、しかも王太子の側妃候補になっているのですよ、護衛がついていたに決まっています。それなのに被害にあった——。そもそもなぜ野盗が出没するような場所に出かけたのでしょうか。護衛の腕がよくなかったのか、それとも野盗がよほどの大人数で太刀打ちできなかったのか」

そう言われればそうだ。貴族の女性や子供が連れ去られ人買いに売られたり、身代金を要求されたりすることはあるが、その場で殺害されるのは珍しい。

「もしかしたら側妃候補としての、ご令嬢の命そのものが目的だった可能性があります」

フィンレイの指摘に、ヒューバートは「そんなまさか」と即座に否定した。側妃候補の二人を知っているのは限られた数人だ。

しかし、ディンズデールは諜報活動によって知っていた。そうした者がほかにもいるかもしれない。

「もっと詳しい情報がほしいですね」

フィンレイはしばし考えこんだあと、顔を上げた。

「早馬を用意します。殿下はいますぐライト伯爵にお悔やみの手紙を書いてください。私は王都にいる知己《ちき》に事件の詳細を尋ねます」

なぜだかフィンレイは急に生き生きしはじめた。目がキラキラしているように見える。そのあたりを疑問に思ったが、いまはそれどころではない。

フィンレイがフレデリックに「お願いします」と頼むと、領主は執事と思われる使用人にすぐ急使の準備を命じた。

ヒューバートは自分の客室へ行き、荷物の中から王家の紋章入りの便箋《びんせん》と封筒を出した。ライアンがついてきてくれて、ヒューバートが手紙を書くのを手伝ってくれる。長年、側近として仕えてくれたライアンとは、こういうときは意識せずとも呼吸がぴったりと合う。

ヒューバートが書き上げた文章をライアンが確認し、インクが乾くまで広げておく。

「私も考えたのですが」

おもむろにライアンが口を開いた。

「フィンレイが言うように、たしかにおかしな事件です。護衛つきの伯爵家の馬車を野盗が襲撃したこと、そのものも変ですが、なぜわざわざご令嬢を殺害しなければならなかったのでしょうか」

「そうだな。よほど無防備な一行だったなら野盗が目を付けることはあり得るが」

「ほとんどの野盗襲撃事件は、商隊です。荷物を荷車ごと奪われたり、取引後ならば売上金を狙われたりします。今回の野盗はよほどの強欲者だったのでしょうか。金目のものと若い侍女を奪うだけでは飽き足らず、ご令嬢まで攫《さら》おうとしたとか？　護衛もお付きの侍女たちも、おそらく死に物狂いでご令嬢を守ったと思います。それなのに悲劇が起こりました。フィンレイの予想は、的外れではないかもしれません」

ヒューバートとライアンは顔を見合わせた。

「……詳しい調査をしかるべき機関に依頼しよう」

「そうですね。その方がいいでしょう。私も王都の屋敷の執事になにか巷で見聞きしたことはないか、問い合わせてみます」

ふたたびペンを手にして、二人はそれぞれ便箋に用件をしたためた。

その後すぐにフィンレイが早馬の用意ができたと知らせに来て、手紙を託した。


ヒューバートは気持ちのいい風が吹き抜ける東屋から、庭を眺めた。

淹れたての熱いお茶は好みの香りで、ひとくち飲むと心まで潤うようだった。

「美味いな。眺めもいい。だがなぜ俺の前には兄上がいるのだ？」

「すみませんね、私で」

テーブルを挟んだ反対側には、フィンレイが呆れた顔で座っている。

「ライアンはどうしても外せない用事で出かけています。さきほど説明しましたよね。聞こえませんでした？　それとも聞きたくなかったのかな。ジェイとキースが主催している、有望な若手の芸術家を表彰する会に出席しています。ライアンが出席すると前もって公表していたので、ライアンみずから欠席できないと判断して行ったのです。自分の希望通りにならなかったからといって、あからさまな不満をこぼすなんて。わがままな子供のようですね」

嫌みたらしく言われて、ヒューバートは反撃した。

「兄上は暇なようだ。みんな忙しそうに働いているというのに、領主の妻とはこういうものか。気楽でいいな」

「暇なのはそちらでしょう。わざわざ話し相手になってあげようと思って、私はここにいるのです。暇なわけがないでしょう。多忙も多忙、めちゃくちゃ毎日多忙ですよ。今日の予定を明日にずらしただけです」

ふん、と鼻を鳴らしてフィンレイはお茶を飲む。ぎすぎすした空気の東屋に、使用人たちは近寄ろうとしないのか、二人きりだった。

「王太子殿下、さきほどから私に対してはずいぶんな態度ですが、それはどうしてですか。もともと私たちはそれほど親しくありませんでしたが、これほどあからさまな不機嫌顔を見せられたことはなかったように思います。なにか心境の変化でも？」

「俺はディンズデールに対して思うところがある」

大理石のテーブルを指先で叩きながら、ヒューバートはフィンレイを睨んだ。

「よく考えたら、俺がいま置かれている状況は、ディンズデールにも責任があると思う。はっきり言って恨んでいる。だが王太子として領主に失礼な態度をとってはまずいという分別はある。ライアンの養父でもあるしな。だがあなたは俺の兄だから、つい隠しきれずに素が出てしまう」

フィンレイは小首を傾げた。

「恨んでいるのですか。それはいったいどうして？」

「十五年……いや十六年前か。現在のアーネスト陛下が王太子になるとき、最大の後ろ盾はディンズデールだったと聞いている」

「はい、そうですね。フレデリックが貴族の中の支持者をまとめていました」

「その時点で、アーネスト陛下の恋人が近衛騎士の男だと知っていたのではないか？　陛下が生涯独身を宣言したとき、フレデリックが知らなかったとは思えない。知っていたならなぜアーネスト陛下を推したのだ。おかげで俺は子作りを強要され、何年も辛い目にあった」

　フィリップを授かった喜びはなににものにも代えがたかったが、ヒューバートもヒルデガードも――そしてライアンも辛い思いをした。

「そうですね……。あのとき、フレデリックをはじめアーネスト陛下を支持した貴族たちが、次世代に後継問題を押しつけたことは否定できません。けれど、ディミトリアスにこの国を任せることはできませんでした」

　たしかにあの男は玉座に相応《ふさわ》しくなかっただろう。正妃を母とする第三王子ディミトリアスは素行が悪いだけでなく、汚職にも関わっていた。それを告発したフレデリックを逆恨みして亡き者にしようとした。その後にも事件を起こし、現在は遠い地で幽閉生活を送っている。

「だからといってアーネスト陛下を推すとは……」

「ほかに適任者がいませんでした」

先王は王子十三人、王女十人に恵まれた。それなのに次代を任せられる王子がいなくなってしまったのは、正妃が自分が産んだ第一王子ウィルフの地位を確固たるものにするために、何人もの王子たちを他国へ婿に出したり、平民の娘と恋愛関係になった王子を臣籍にしてしまったりしたからだ。十二番目の王子であるフィンレイも、フレデリックのもとへ嫁がされた。

まさか正妃の王子がつぎつぎと問題を起こし、さらに一人目の愛妾が産んだ第二王子アンドレアまでもが落馬事故で亡くなるとは思ってもいなかったのだろう。結果として、アンドレアの長子アーネストが王太子になった。

ヒューバートもいまさらディンズデールを責めても仕方がないことくらいわかっている。けれど不幸な結婚生活の愚痴を、少しくらい吐き出してもいいのではと思ったのだ。

「そういえば、兄上、そのディミトリアスの事件の折に右肩を負傷したらしいが、いまはどうなっているのだ？」

フィンレイは左手で右肩を押さえながら、「大丈夫です」と微笑んだ。

「もう十五年もまえのことですからね。すっかり元通り、とは言えませんが、日常生活に支障はありません」

「そうか、それならばいい」

「恨んでいると言いながら、気遣ってくれるのですね」

「それとこれとは別だろう」

ニヤニヤと笑いながら「お優しい」と言われ、ヒューバートはムッとした。兄というのはこれほど鬱陶しいものなのか、と苛立ってくる。

「子作りを強要されているのは同情します。けれど、側妃を娶ることを了承されたのですよね？」

「いや、側妃の件は白紙に戻すことにした。俺はだれが嫁いでこようと愛せない。ヒルデガードとも正式に離婚すると決めた。王都に戻ったら陛下に話をしに行く」

「それを、陛下はお許しになりますか？」

「さあ？　たとえ許されなくとも、俺はもう子作りはしない。フィリップがいる。ライアンをもう苦しませたくない……」

できるだけさり気なく言ってみて、フィンレイの反応を窺う。彼はとくに驚くことなく、口元に笑みを浮かべた。

「やっぱりそういうことなんですね」

「ライアンから聞いたのか？」

「いいえ、聞いていません。でも、彼の様子を見ていれば、わかります」

ひとつ息をつき、フィンレイはどこか遠くを見た。

「ライアンは私の大切な息子です。王太子殿下が幸せにしてくれるなら……ライアン自身があなたの側にいたいと願うのならば……私は彼がどこでだれに仕えようが構いません」

「この領地の後継者候補なのに？」

「そんなもの、どうとでもなります。我が家にはジェイとキースもいますし」

「あの双子に領主が務まるか？」

ヒューバートは奇抜な髪型をしていた二人を思い浮かべる。

「役場には有能な役員がたくさんいます。私もいますし、フレデリックのように領主が現場で辣腕を振るわずとも、領政はそう簡単には破綻しませんよ」

フィンレイは自信あり気にそう言った。この男がそう言うのなら、そうなのだろう。

ヒューバートは時間が気になってきた。東屋には時計がない。そわそわしはじめたことに気づいたのか、フィンレイがまた笑った。

「ライアンならもうすぐ帰ってきます。表彰式だけですからね。おとなしく待っていてください」

「あいつがいないと機嫌が悪くなるみたいな言い方はやめろ」

「だってそうでしょう？」

フィンレイは澄ました顔でお茶を飲む。

「あのな、俺は――」

「あ、フレデリック」

反撃しようと開いた口を閉じ、フィンレイの視線の先をたどってヒューバートは振り返った。フレデリックがレンガの小道を歩いてくるところだった。

「殿下、わが城の庭園はお気に召してくださいましたか」

「ああ、とても居心地がいい。よく手入れされている」

社交辞令ではなく本気で褒めたのだが、フレデリックは口元だけ笑った。なぜか目が笑っておらず、ヒューバートとフィンレイを交互に見つめてくる。

「フレデリック、もしかして余計なことを考えています？」

カップをソーサーに戻し、ため息をつきながらフィンレイがテーブルに肘を突いた。フレデリックは立ったまま、不機嫌そうにフィンレイを見下ろす。

「いや、その……仲がいいなと思って」

「ここでの会話を最初から聞いていたら、とてもそんな感想は出てこないと思いますよ」

「二人きりでなにを話していたのだ？」

「たいしたことは話していません」

「兄弟とはいえ親密すぎるのはどうかと思う」

「だから親密にはしていません」

ヒューバートは領主夫妻の会話を困惑しながら見守った。いったい二人はなにを揉めているのか。

「ほら、王太子殿下が困っていますよ。あなたは仕事に戻ってください。役場を抜け出してきたのでしょう?」

「ちゃんと休憩を取ると告げてきた」

「こんな中途半端な時間に?」

「……すこし、気になって」

悲しそうな表情になったフレデリックを見上げ、フィンレイがしばし考える。

「役場まで送りましょう」

フィンレイが席を立つと、一転してフレデリックが笑顔になった。

「そうか、私と一緒に役場まで行ってくれるか」

「仕方がありません」

「殿下の相手はもういいのか?」

「あなたがそれを言いますか」

フィンレイが笑いながら、「もうっ」とフレデリックの肩を叩いた。

もしかして、フレデリックは自分の妻とヒューバートが二人きりでいることに嫉妬したのか、と気づいた。

ちょっと信じられない。この二人は結婚してから十数年たっているはずだ。しかもフレ

デリックはもうすぐ五十歳という、いい歳だ。手を繋いだ二人に、ヒューバートは奇異なものでも見るような目を向けてしまった。

「じゃあ、私たちは失礼しますね。もうすぐライアンは戻ってくると思うので——って、いま帰ってきました」

フィンレイが指さした方を見ると、ライアンが花壇を回りこんで歩いてくるところだった。

「ライアン！」

つい子供のように大きく手を振ってしまった。ライアンが胸の前でひらひらと小さく手を振り返してくれる。頬はほんのり赤かった。フィンレイとフレデリックの存在を気にしながらも東屋に入ってきて、「ただいま戻りました」と目の前まで来てくれる。

「早かったな。もう用事はすんだのか」

「はい、終わりました」

「お茶でも飲むか？」

ヒューバートが手ずからカップにお茶を注いでやる。ライアンは恐縮しながら受け取った。椅子に座らせてクッションを背中に置いたり、膝掛けは必要か聞いたりする。

「ありがとうございます」

はにかみながら礼を言うライアンが、なんとも愛らしい。二十六歳にもなる成人男性なのに、なぜこれほど可愛いのか。

「さて、私たちはお邪魔のようなので、さっさと退散しますね」

フィンレイとフレデリックは手を繋いだまま肩を寄せ合い、レンガの小道を歩いて行った。ヒューバートはその後ろ姿を見送り、「あの二人はいつもあんな感じなのか」とライアンに尋ねる。

「ずっと仲がいいです。私の理想の夫婦です……」

目を伏せて、ライアンはそんな可愛いことを言う。ヒューバートは指先でライアンの顎を持ち上げた。鼻先をちょんと触れ合わせ、軽くくちづける。ふわっとライアンの頬がさらに色づく。

「では俺たちも彼らのように仲良くしよう。ずっと」

「殿下……」

ライアンの碧い瞳が潤む。拒まれていない。愛されている。

実感するたびに幸せな気分になった。ヒューバートはライアンの手を取り、白い甲に恭しくくちづけた。

◇

早馬に託した手紙は片道三日で王都に届き、調査に一日、早ければ往復七日で返事が来る。そのあいだ、ライアンはヒューバートの要求に応えていた。

ディンズデールの灌漑施設にいたく感激したヒューバートは、工事に関わった者から話を聞きたいと望んだ。ライアンは設計士と土木技術者を呼び、役場の会議室を借りて場をつくった。

彼らにはヒューバートの身分を明かした。惜しみなく図面を広げ、技術者たちは王太子に説明する。ヒューバートは熱心に聞き入った。

美術館と劇場の見学へ行って若い芸術家と話していたときと同様に、ヒューバートは彼らからなにかを吸収しようと努力しているように見える。そういった姿勢には、優秀な為政者になる可能性が大いにあるのではと思った。

「ディンズデールの土木技術は素晴らしい。彼らを王都に招待して、ぜひ関係各署の担当者に教授してもらいたい」

王太子に褒めちぎられて、技術者たちは嬉しそうだった。

別の日にはキースが主催する音楽祭に招かれ、斬新な音楽に驚嘆したり感心したりして楽しんだ。美術館にもふたたび足を運び、即興で彫刻をつくる前衛的な芸術を目にして、おもしろがっていた。

ライアンはずっと行動をともにした。ヒューバートはとくに言葉ではライアンを口説いてくることはなかった。ただ、ふとしたまなざしの甘さや優しい気遣いなどに、いままでとはちがう空気をかもしだす。そのたびにライアンはドキドキして頬を赤く染めてしまった。ハウエルはなにも言わないけれど、ニヤニヤと笑ってライアンを見ることがあった。

七日後、王都から早馬が到着した。

驚いたことに、ヒューバートが依頼した王城からの書状を携えた早馬とほぼ同時に、ライアンが手紙を書いたギルバートと、フィンレイが調査を頼んだデリックという男が来た。

五十代半ばになるギルバートの脅威の体力に、ライアンは驚いた。

「日頃から体力作りをしてきた成果をお見せすることができました」

ギルバートは土埃に汚れた顔に満足げな笑みを浮かべている。

「ひさしぶりだね、デリック。あいかわらず元気そうだ」

フィンレイが親しげにデリックに声をかけると、彼は恭しく頭を下げた。

「おひさしぶりです。殿下もお元気そうでなにより。ご依頼の件、報告いたします」

デリックは顔半分を白髪混じりの茶褐色の髭で覆っており、正確な人相も年齢も不明だった。けれどこの男がフィンレイの情報屋だということを、ライアンは知っている。もともとはフィンレイの祖父とデリックが仕事で繋がっていたそうだ。フィンレイのことを「殿下」と呼ぶところからも、とても敬っているのがわかる。

ギルバートとデリックは途中で偶然出会い、目的地がおなじだとわかったので安全のために協力し合いながら一緒に来たという。

「では、さっそくだけどまとめて話を聞こうか。疲れているところを悪いけど」

フィンレイがギルバートとデリックを応接室へ案内する。ライアンは使者から手紙を受け取ったヒューバートとともについていった。

ギルバートとデリックは応接室の年代物の椅子に汚れたまま座ることを固辞しようとしたが、フィンレイが気にしなくていいと言い聞かせて、五人でテーブルを囲んだ。使用人がお茶を運んできて、全員が喉を潤したところで報告がはじまる。

「殿下が疑われた通り、伯爵令嬢を襲ったのはただの野盗ではない可能性が高いです」

主にデリックが調査結果を話した。

「伯爵令嬢一行が襲われたのは王都から馬車で二刻ほどの、伯爵家所有の別荘へ向かう途中の森の中でした。野盗は十人以上の集団で、統率が取れていたそうです。不意を突かれたことと、野盗の中に短銃を所持していた者がいたためか、護衛についていた伯爵家の私兵は半数が殺され、残りの半数は重傷。馬車に同乗していた三人の侍女は二人が殺され、一人が軽傷。その侍女の証言では、野盗は宝石や小物など金目のものを強奪したあと無抵抗の伯爵令嬢の胸を剣で一突きにしたそうです」

あまりの痛ましさにライアンは目を閉じて俯いた。さらに報告が続く。

「その近辺は貴族の別荘が点在する治安のいい地区で、現場は森の中といっても四頭立ての馬車が余裕で通れるほどの幅がある整備された道でした。人殺しも厭わない凶悪な野盗が出没するという話はまったくなかったらしいですね。周辺の住民は恐れおののいているという話です」

「こちらにもおなじことが書かれている」

ヒューバートはデリックの話を聞きながら、届けられた書状に目を通していた。

「野盗たちは襲撃後、素早く逃走。倒した護衛の剣や革鎧など、装備を奪うことはしなかった。護衛が近隣住民に助けを求め、通報を受けた王都警備隊が駆けつけて足跡を追ったが、森の中の小川に突き当たったところで見失い、野盗は捕まっていない。現場の周辺を捜索した結果、すこし離れた場所に強奪された宝石類がすべて捨てられていたらしい。売りさばいて足がつくことを嫌ったとしたら、なんのための襲撃だったのか……。野党側の死者は三名。あいにくと生け捕りができなかった。身元が確認できるようなものは発見されていないそうだ」

「目的はなんだったのでしょう……」

ライアンの疑問に、ヒューバートが答える。

「野盗の目的はわからない。ただ、伯爵家の話では、どうやらルシアンナ嬢はだれかに呼び出されたようだ。前日に手紙が届き、急遽《きゅうきょ》、外出することに決まったらしい。その手紙はルシアンナ嬢が持っていたそうで、事件後、どこからも見つかっていない。野盗が持ち去った可能性が高い。差出人は不明だそうだ」

「ご令嬢はご自分が王太子殿下の側妃に決定したことをご存じだったのでしょうか」

デリックの問いに、ヒューバートが「もちろん知っていた」と頷く。

「輿入れの日程はまだ決まっていなかったが、俺に面会を求めていたし、必要な衣装を誂えるために王室御用達の仕立屋が伯爵邸まで赴《おもむ》いて採寸をしている」

「では王太子殿下の名を騙《かた》った者に呼び出されたのかもしれませんね。こっそり伯爵家の別荘で会いたいと王太子殿下に呼び出されたら、きっとその通りにするでしょう」

「もしそうなら、俺の字などルシアンナ嬢は知らないだろうから、贋《にせ》の手紙だと疑いもせずに出かけてしまうだろうな」

ヒューバートが沈痛な表情でため息をつく。

つまり――これは単なる野盗事件ではなく、令嬢の暗殺が目的だったかもしれない、ということか？　だとしても、なぜ。わからないことだらけだ。

デリックの横に座っていたギルバートが口を開いた。

「その野盗ですが、統率が取れていたという生存者の証言から、金で雇われた傭兵《ようへい》崩れではないかと考え、裏のつてをたどってすこし探ってみました。事件の一週間ほど前、さる高貴な方が裏稼業の元締めに、腕が立ち、金でなんでも引き受ける男が数人必要だと要請してきたとか」

裏のつて？　ライアンはギルバートの意外な交友関係に唖然とした。執事としてとても有能だと評価していたが、まさか裏稼業に知り合いがいたとは——。

「紹介の謝礼が高かったので、その元締めは他国から流れてきた傭兵崩れに繋ぎをつけたそうです」

「その話は俺も小耳に挟んだ」

デリックが相槌を打つ。この二人はなんなのだ。

「もう少し待ってもらえれば、もっと詳しく報告できます。俺がこっちに向かったあとは知り合いに調査の続きを頼んであるので、続報が届くでしょう」

「ありがとう、デリック。あなたの働きにはいつも助けられている」

フィンレイに労われて、デリックは恐縮した様子で「いえいえ」と首を振っている。

「問題はだれがなぜ、そんなことを企てたかということです」

そう、それが一番の問題だ。ライアンもそう思う。

ギルバートがデリックを見たので、ライアンもつられて視線を向けた。胸の前で腕を組み、難しい顔をしていた髭面の男は、ちらりとヒューバートに視線を向けた。

「事件の捜査にあたっているのは王都警備隊ですが、ライト伯爵家も独自で調査しているでしょうね。ただの強盗でなければライト伯爵家への私怨も考えられる。けれど伯爵自身ではなく、ご令嬢が殺害されたのは尋常ではない。王太子殿下の側妃候補だから狙われた可能性が高いでしょうな」

　デリックの推察に、全員の視線がヒューバートに集まる。

「王太子殿下、なぜご自分の側妃候補が襲われたのか、なんとなく予想がついているのではないですか?」

　ヒューバートはしばらく黙って俯いていたが、大きくため息をつくとだれとも目を合わせることなく頷いた。

「俺の側妃候補だから襲われたのだとしたら、輿入れを妨害することが目的だろう。その場合、利を得るのは、ルアード公爵だ」

　ヒューバートは苦しそうに顔をしかめる。

「俺の妻、ヒルデガードの父親だ。あの男は俺が側妃を持つことに反対していた。何人も子ができれば、自分の孫であるフィリップの王位継承が危ぶまれると思ったらしい。直接、俺にそう言ってきた。フィリップは現時点では次期王太子の最有力候補だ。俺としても、フィリップはじゅうぶん王になり得る素質があると思う。親バカかもしれないが」

「そんなことはありません。フィリップ殿下はまだ幼いながらも、希有《けう》な輝くものを秘めていらっしゃいます」

　ライアンが確信を持ってそう言うと、ヒューバートは「おまえも親馬鹿の仲間だ」と苦笑いした。そんなつもりはないのだが。

「今後、何人子が生まれようと第一王子フィリップの地位は揺るがないとルアード侯爵に俺は説明したんだが……孫の障害になりそうな芽は、いまのうちに摘んでおくべきだと判断してしまったのかもしれん。こんなことなら、王都にいるあいだに面倒くさがらず、もう側妃を娶ることはやめたと陛下に話して、周知すればよかった」

「側妃を娶らないと決めたんですか」

デリックが声を上げた。ギルバートも目を見開いて驚いている。フィンレイは聞いていたのか、とくに反応しなかった。

「俺はもう国と王家のためだけに生きたくない。おのれを殺して側妃を娶っても、ヒルデガードのように不幸にしてしまうだけだ。俺にはライアンがいてくれれば、それでいい」

ヒューバートがライアンの手を握ってきた。

「殿下……」

縋るように力がこめられたその手を握り返そうとして、ライアンはハッとする。フィンレイとギルバート、デリックが見ている。

身内と身内同然の者たちとはいえ、平然と見せられるほどには、ライアンは開き直れていなかった。かといって、自分のせいで伯爵令嬢が殺されてしまったと思っているヒューバートの心情を思うと、手を振り払うことなどできない。

テーブルを囲む面々から生温かい視線を送られ、ライアンはじわりと汗をかき、顔を赤くした。

「とりあえず、王太子殿下はどうしますか。早急に王都へ戻られますか？　それともこのままこの城に滞在して、次の報告を待ちますか？」

フィンレイに尋ねられたヒューバートはしばし考えこんだ。

「そうだな……。もしよければ、まだしばらく滞在したい。俺が急いで戻っても、事件の捜査が進展するわけではないだろう」

「わかりました。こちらは構いません。まずは続報を待ちましょう」

その場はいったん解散となった。

ライアンは廊下で待機していたハウエルともう一人の騎士ともに、ヒューバートに付き添って客室まで移動した。落ちこんでいる彼を一人にしたくなかった。なにかあったのかと目で問いかけてくるハウエルと騎士には、ヒューバートを客室で休ませてから説明した。

「ライト伯爵令嬢が？　なんてことだ」

愕然としたハウエルだが、「まさか殿下の側妃候補だったからか」とすぐに単純な強盗事件ではない可能性を口にした。やはりそう感じるようだ。

「その点については、王都の方で引きつづき調査をしてもらっているそうなので続報待ちです。殿下はとてもお心を痛めています」

「それはそうだろうな……」

ハウエルは厳しい表情をした。

「俺は他の近衛騎士たちに話してくる。あんたは殿下の側についていてやってくれ。ここはおまえに頼む」

「はっ」

ハウエルは騎士を残して廊下を急いで歩いて行った。

客室内に戻り、ライアンは窓際のカウチで途方に暮れたような顔をしているヒューバートに歩み寄る。仕草で横に座れと命じられ、ライアンは腰を下ろした。するりと腰に腕が回され、抱きよせられる。

「おまえに一刻も早く会いに行きたくて、俺は側妃の件を放り出してきてしまった。陛下に話すのは、ライアンといっしょに帰ってからでいいと思っていた。こんなことになるとわかっていたら、出発を一日遅らせて陛下に会いに行っていただろう……」

重いため息をつくヒューバートの背中に、ライアンも手を回した。寄り添うことで苦しみを分かちあいたかった。

「ルシアンナ嬢はまだ十八歳だったのに、かわいそうなことをしてしまった。私のせいだ」

「殿下、まだルアード侯爵のしわざと判明したわけではありません。それに、もしルアード侯爵の企てだったとしても、殿下のせいではありません」

「……とりあえずは次の報告を待とう」

「待ちましょう。もしかしたら数日のうちに野盗が捕まって、殿下とはまったく関係のない私怨絡みの事件だったとわかるかもしれませんよ」

もっとうまい言い方をしたくとも、ライアンも自覚している以上に動揺しているのか、そんな励ましくらいしか出てこなかった。ヒューバートが優しく微笑みながら、柔らかくライアンの額にくちづけてくる。

「そうだな、そうかもしれないな」

呟きながら、ヒューバートはライアンの金髪に頬ずりした。甘えたしぐさに、ライアンの胸がきゅうと切なくなる。

告白の返事をなんとなくしそびれて、三日もたっていた。ヒューバートが急かさないのをいいことに、ライアンは曖昧《あいまい》な態度を取っている。ずっと好きだった人から愛を告げられて舞い上がるほどに嬉しかったのは事実だが、すんなりと受け入れて喜んでもいいのかどうか迷いがあった。

自分たちの幸せだけを求めて手を取れるほど、二人は若くなかった。国王と重臣たちがなぜヒューバートに側妃を薦めたのか理解できていたし、ライアンを選んだせいでヒューバートが今後どれほどまずい立場に置かれるか想像できた。

身を引いた方がいいのではないか。ヒューバートから離れた方がいいのではないか。

いっそのこと、このまま領地に留まって領主になってしまった方がすべて丸くおさまるのではないか──。

けれどライアンを求めてここまで馬を駆けさせてきてくれたヒューバートの想いを無視して、個人の幸せよりも国の行く末を優先して、はたしてそれでみんな幸福になれるのだろうか。

あれこれと考え惑っているうちに時間が過ぎてしまった。

そんなとき、この悲惨な事件の知らせが届いた。

もし、この事件の目的が令嬢の殺害だったなら、自分たちはどうすればいいのか──。

二人はその日、おたがいに離れがたくて、寄り添ったまま過ごした。


三日後、ルシアンナの訃報《ふほう》のあと、部屋にこもりがちだったヒューバートが「外の空気を吸いたくなった」と外出を望んだ。ライアンはいくぶん表情が明るくなったヒューバートに安堵した。

王都からの続報はまだ届いていない。ギルバートは、いつまでも王都の屋敷を空けておくわけにはいかないと、帰っていった。デリックはまだ城に滞在している。

「もう一度、灌漑施設を見てきてもいいだろうか」

「もちろん構いません」

ライアンはハウエルたちに護衛を任せて、自分は城に残ることにした。

ついて行きたい気持ちはあったが、ヒューバートがディンズデールに来てからというものずっと離れることなくいっしょにいたので、自分の用事が溜まっていたのだ。帰省を伝えたときにフレデリックが張り切ってライアンの予定を組んでしまったせいだ。側妃候補令嬢の事件のあとはヒューバートがあまりにも落ちこんでいて一人にさせたくなかったため、いくつか予定を取りやめた。

だが三日が過ぎて、ずいぶん気持ちが落ち着いたようだ。ライアンはヒューバートと別行動を取ることにした。

ヒューバートたちを見送ったあと、ライアンは役人たちとともに城下の孤児院を訪問した。そのあとは領兵の宿舎と訓練場を見て回り、非番の領兵たちとともに昼食をとりながら話を聞いた。

お茶の時間までに城に戻り、フィンレイとの時間をとることになっている。事件のこと、今後のことなど色々と話しておきたい。予定通りに城へ帰ってくると、玄関ホールにフィンレイとフレデリックがいた。デリックも一緒にいる。

三人とも深刻な表情だった。

「どうしましたか、フィンレイ」

「王都から続報が届いた」

手に持っていた手紙を差し出してくる。それを受け取り、ライアンが開封済みの中を見る前に、「王太子殿下が戻るのは何時の予定？」と聞いてきた。

「厳密には決めていません。日が暮れるまでには帰ってくるでしょうが……」

「すぐに探しに行って、ここに戻ってもらった方がいい」

フィンレイはそばにいた使用人に、領兵の隊長を呼んでくるように命じる。いますぐヒューバートの安全を確保しなければならないということか。なにか大変なことが起こったのだ。

「なにがあったのですか」

「王太子殿下の二人目の側妃候補、ターナー公爵家のコーデリア嬢の乗った馬車が、何者かに襲われたそうだ」

息を呑んだライアンは、慌てて手紙を広げて文章に目を走らせた。

デリックたちが最初の報告のために王都を発った翌日の夜、夜会に出かけたコーデリアが乗った馬車が武装した十人ほどの集団に襲われたと書いてある。幸いにもコーデリアは無事で、被害は護衛についていた私兵が負傷したていどで済んだ。

それというのも、ターナー公爵がライト伯爵家の悲劇を聞き、娘の守りを強化したからだった。万全を期すなら夜間の外出を取りやめた方がいいのだが、夜会の主催者が王族の末端に名を連ねる貴族だったために欠席することができず、護衛につける私兵を通常の倍以上の人数に増やし、馬車も扉に鉄板を仕込んだ特別製のものを出したらしい。襲撃者たちを撃退することができたうえに、三名を捕縛したという。

そのうち一名は重傷を負っており、王都警備隊の詰所に運んだときには死亡していた。

現在、逃走した襲撃者たちを追跡しており、生け捕りに成功した二名は尋問中だが、どこかの貴族に金で雇われたこと以上のことを聞かされていないようで、依頼者の詳細はわかっていない。しかしライト伯爵令嬢が襲撃されたときの野盗側の死者と身なりに共通点があり、所持していた剣にはおなじ鍛冶屋の刻印があり、製造番号が続きだった――とある。

「王太子殿下の側妃候補が立て続けに襲われ、しかも襲撃者に共通点があるということは、おなじ一味と見ていいでしょう。剣の刻印がおなじで製造番号が続きだったということは、傭兵時代に配られたものでしょう。金で雇われた傭兵崩れの可能性が高い。もう、襲撃の目的はあきらかです」

そう発言したのはデリックだ。その横でフィンレイが頷く。

「首謀者はルアード公爵にまちがいないと思います。ずいぶんと雑な暗殺計画を立てたものですね。もしかして、あまり仕事ができない男？」

問われたライアンはルアードに対する怒りで頭に血が上り、「公爵がまともに仕事をしているところなど見たことがありません」と言ってしまった。事実だが。

そこに領兵の隊長がやってきた。緊急だと聞いて急いで来たようだ。フィンレイはヒューバートを探すように頼む。隊長はすぐに部屋を出て行った。その様子を見ていて、ライアンは不安でたまらなくなる。

「フィンレイ、この事件と王太子殿下の身の安全がどう繋がるのですか」

「わからない？」

フィンレイは口角をきゅっと上げて微笑んだが、目はまったく笑っていない。この場にいる男たちの中で一番小柄なはずなのに、なぜだかとても大きく見えた。

「ルアード公爵は孫のフィリップに王位を継がせたい。そのためには王太子殿下にもう子供を作ってもらいたくない。だから側妃候補の令嬢二人を殺してしまおうとした。ライト伯爵令嬢は成功したが、ターナー公爵令嬢は失敗。生きている。けれどよほどの図太い神経でないかぎり、十代の令嬢がそれでも側妃になりたいと思うだろうか。父親のターナー公爵は、大切な娘を暗殺の恐れがある場所へ嫁がせたいと思うほど、我欲が強い人物だろうか」

「つまり、二度目の襲撃は失敗に終わったが、首謀者のルアード公爵の目的はほぼ達成されたということだな」

呟いたフレデリックにフィンレイが頷く。

「そうです。けれど、私はこれで終わりだと思わない」

「それは、どういう意味ですか？」

　わからなくてライアンは聞き返した。

「二件続いた貴族の令嬢襲撃事件の首謀者がルアード侯爵と仮定して、私は話している。そこは理解して聞いてね」

　デリックはフィンレイがなにを言おうとしているのか、もうわかっているという表情をしている。

「ルアード侯爵は権力と財力があるけれど、権謀術数には長けていないようだ。彼はきっとこう思っているだろう。二件の令嬢襲撃事件を起こしたけれど、金で雇った男たちは下っ端が捕まっただけで、すべての事情を把握している首領は逃げおおせている。私の企みは完璧だ、いっそこのまま心配の元をなくしてしまったら安心できるのではないか、と」

「つまり？」

「ルアード侯爵は孫であるフィリップ殿下をいつか玉座に据えたいと望んでいる。王太子に嫁がせた娘が王子を産んだのだから、それは正当な願望だ。なにもおかしくない。けれど、フィリップ殿下が国王になるのは何十年後？」

「それは……わかりません」

「アーネスト殿下はまだ三十代半ばとお若いし、王太子のヒューバート殿下もいる。フィリップ殿下の代になるのは、おそらく四十年後か、遅ければ五十年後か――」

アーネストとヒューバートが不幸な事故や大病に罹《かか》らなければ、現在のこの国の平均寿命である七十歳ごろまでは生きるだろう。そうすると二十七歳のヒューバートが天寿をまっとうするのは、四十数年後になる。そのときフィリップはすでに五十歳手前だ。

「フィリップが玉座に就く姿を、おそらくルアード侯爵はその目で見ることはできない。生きていたとしても九十歳を超えている。もしルアード侯爵ができるだけ早く、自分が生きているうちに孫に王位を継いでもらいたいと切望したとしたら、どうすると思う？」

フィンレイの冷静な目が、逆に怖かった。ぞっと背筋に悪寒が走り、ライアンは思わず窓の外を見た。こんなところにいるはずがないのに、ヒューバートの姿を探してしまう。

「殿下の命が危ない。ルアード公爵は殿下までも暗殺するかもしれない！」

ヒューバートが凶刃《きょうじん》に倒れた光景を想像してしまい、頭から血の気が引いた。

「こんな田舎では、殿下は近衛騎士に守られているといってもたかがしれている。暗殺に絶好の機会だと思われてもしかたがない」

いまヒューバートはどこにいる？　灌漑施設？　それとももう城に向かっている？　すでに城の近くまで帰ってきているならばいい。領兵がすぐに駆けつけて守ることができるだろう。しかし灌漑施設にまだいるとしたら、郊外だ。領兵が居場所を特定するには時間がかかるかもしれない。

ヒューバートはハウエルを含む近衛騎士を数名連れて行ったが、雇われた傭兵崩れの集団がそれよりも多ければ、守り切れるかどうか――。

「ああ、殿下……」

震えはじめたライアンに、フィンレイはニヤリと好戦的な笑みを浮かべた。

「いまから私も出る。領兵の応援に行く。いいですよね、フレデリック」

「フィンレイ……」

にわかに頭痛に襲われたのか、フレデリックは片手で額を押さえている。

「君がじゅうぶんな戦力になることは、私もよく知っている。けれど、もう若くないのだし、自重してくれないか」

「自重？　なに甘いことを言っているのですか。これは国の一大事ですよ。ディンズデールにとっても重大な局面です。もし領地内で王太子殿下が暗殺されたら、あなたはどう責任を取るつもりですか」

フィンレイに詰め寄られて、フレデリックはうっと喉の奥で呻いた。

「そもそも王太子殿下は私の弟ですし、ライアンにとっても大切な方です。こんなときに私が出なくてどうするのですか」

拳を握ったフィンレイがとても力強くて、ライアンは頼もしく感じた。フレデリックは苦々しい顔で「仕方がない」と肩を落とす。

「気をつけて行ってくるんだよ」

「ありがとう、フレデリック！」

フィンレイはぴょんと飛び上がってフレデリックの首にしがみつき、熱烈なくちづけをする。そして城の奥へ駆けだした。その後を追うデリックに、「妻を頼んだぞ」とフレデリックが声をかけた。

ライアンもじっとしていられなくて後を追う。フィンレイは長い廊下の先を俊足で飛ばしていて、ライアンは必死でついていった。裏の通用口から領兵の詰所に向かうと思っていたのに、フィンレイは城の居住区へと走っている。行き着いた先は、銃器の保管室だった。

「へぇ、こりゃすごい収集品だ」

ずらりと並ぶ銃を眺め、デリックが感心した声を上げた。

芸術品のように壁に飾られているものもあれば、専用のケースに入れられているものもあり、合わせると数十丁はある。フレデリックの祖父が趣味で集めたさまざまな種類の猟銃と、フィンレイがここに嫁いできてから増やした短銃がきれいに整頓《せいとん》されて保管されている場所だ。もちろんそれぞれの銃の弾もある。つねにフィンレイが手入れしているのですべて使える状態だった。

フィンレイは使い慣れている猟銃に弾をこめ、背中に背負えるように革のベルトをつけた。さらに短銃にも弾をこめ、腰に巻く用の革ベルトを装着すると、そこに短銃を二丁も突っこんだ。すごい格好になっている。

　予備の銃弾も上着の隠しにせっせと入れているフィンレイの横で、デリックも「俺にも一丁、貸してください」と物色しはじめた。

　そんな姿を見せられては、ライアンも黙っていられない。短銃は使ったことがないので、猟銃一択だ。

「私も連れて行ってください。殿下のために戦いたいです」

　えっ、とフィンレイが振り向いた。その目が、「射撃が得意じゃないのに大丈夫？」と問いかけているように見えたが、ライアンは城でじっと待っていることなんてできないと思った。

「足手まといにはならないように努力します。私の知らないところで殿下になにかあったらと思うと、気が狂いそうです」

　いまでも歯を食いしばっていないと涙が滲みそうなほどだ。フィンレイはすこし考えた後に苦笑いして、「わかった」と許してくれた。

「私から離れないようにね」

「はい」

　気合いを入れて返事をしたら、フィンレイがため息をついた。

「血筋かな。おなじことを言って……」

「なんのことですか」

「以前、ライアンが誘拐されたとき、フレデリックがいまの君とおなじことを言って、私についてきたんだよ」

尊敬する叔父が、自分の危機におなじことを言ったと教えられ、ライアンは俄然、勇気がわいてきた。フレデリックが射撃も剣の腕もたいしたことがないことは知っている。

ライアンが猟銃を背負い、準備ができたところで三人そろって保管室を出た。

「さあ、行こうか。ひさしぶりに暴れられると思うとわくわくするね」

フィンレイの黒瞳はすごく輝いていたが、ライアンは狩猟目的以外で銃を持ち出したことはなく、もしかしたら人を撃つかもしれないと思うだけで膝が震えそうだった。

◇

ヒューバートは高台から見下ろす緑の牧草地に見入った。

あらためてディンズデールの灌漑施設を見て回り、堅実な農業政策に感心する。

「なあ、ハウエル、ここはいいところだな」

「そうだな」

馬首を並べて広大な景色を眺めているハウエルが頷く。

「こんないいところの次期領主と決まっているライアンに、俺がそれを捨てさせて、連れて帰ってもいいのだろうかと、少しだけ思う」

ついヒューバートが迷いを口にしてしまったら、ハウエルがフッと鼻で笑った。

「そこをなんとしても幸せにして、ライアンを微塵《みじん》も後悔させないようするのが殿下の役目だろう」

「しかし、いくら愛しても俺はライアンと結婚できない。俺がただの貴族ならば可能だが、王太子では無理だ。ヒルデガードと正式に離婚できるかどうかもわからない。かといって、陛下が俺を見限って、別の王族を立太子させると言わないかぎり、みずから王太子を降りるつもりもない。俺には責任がある」

「そのあたりのことは俺にはわからん。殿下が腹を割って陛下と話をしてわかってもらうしかないんじゃないか？」

「あの国王が、折れてくれるだろうか」

今回の側妃の件を白紙に戻すことができたとしても、ヒューバートが勃たなくなる年齢になるまでアーネストは諦めないかもしれない。

「まあ、ライアンの気持ちを殿下が勝手に決めつけるのはよくないな。結局、決めるのはライアンだ。そういう迷いも、正直に話したらどうだ」

「女々しくないか？」

「いまさらだろう。こんなところまで追いかけてきて、格好をつけても仕方がない」

あっさりそんなふうに言われて、さすがハウエルだと皮肉っぽく思う。姉のヴィクトリアのわがままを、きっとこんな感じでいなしているのだろう。

「殿下、そろそろ戻ろう」

ハウエルに促されて、ヒューバートは馬首を返した。今日は自分の近衛騎士ばかり五人を連れて来ている。地元の住人が薪を取るために踏みならしたらしい山道を、ぞろぞろと馬で下った。街道の脇道に出てから、城を目指してゆっくりと進む。

まだ太陽は傾きはじめたばかり。日没までに戻ればいいので、急ぐことはない。なにしろ空気は澄んでいて、天気がいい。真夏の太陽はすこし熱いが、道の両脇には樹木が茂っていて、ところどころ涼しい木陰がある。吹き抜ける風が心地よかった。

農民が農作物を積んだ荷馬車で通るからか、脇道でもきちんと整備されていることにも感心する。領主の目が行き届いた領地だ。

ふと、風が変わったのを感じた。

全員が無言で馬を止める。ヒューバート以外の騎士たちが、音もなく腰の剣を抜いた。

有事の訓練通り、ハウエルを含む五人が護衛対象であるヒューバートをサッと囲んだ。

道の両側には樹木が生えている。密集しているというほどではなく、光と風が通るくらいに隙間があり、ところどころに大きな岩が見えていた。その岩の裏から、ひとり、ふたりと男が姿を現わした。薄汚い革鎧と浅黒い肌、腕や脚は剥き出しで、いたるところに古傷があった。手には剣を持ち、にやにやと気持ちの悪い笑みを浮かべながら、ぞろぞろと道に出てくる。

前方と後方に現われた男たちは、ザッと見て十五人ほどか。こちらはヒューバートを入れて六人。男たちは優勢を確信しているらしく、余裕の態度だった。

「よう、尊い身分の方。ここで俺たちに殺されてくれないか」

一番年嵩《としかさ》と思われる中年の男が、道端の木の幹に凭れたままでヒューバートに声をかけてきた。この男だけは剣を抜いていない。おそらくこの集団の首領だろう。がっしりとした体に年季が入った革鎧を身につけている。黒褐色の癖毛と髭、目つきには荒んだものがあった。

「俺がだれだか知っていて、殺しに来たということか?」

ヒューバートが問いかけると、髭の男は「あたりまえだろう」と返してきた。

「そうでなけりゃ、こんな田舎までわざわざ来るわけがない」

「だれに頼まれた?」

男は弾かれたように大声で笑った。

「そんなこと言うわけないだろうが! 王子様ってのは面白いな!」

「どうせ殺されるのだろう? だったらそのくらい教えてくれてもいいではないか」

「その手には乗らねぇよ」

首領がまだ合図を出さないからか、男たちは剣を構えた体勢で動かない。口元だけに不吉な薄ら笑いを浮かべ、目はじっとこちらを睨んでいる。ヒューバートは彼らを冷静に観察した。統率がとれている。古びて汚れた革鎧には、共通の意匠があった。そしておなじ剣の構え。彼らのうち三人が短銃を構えていた。首領の男の腰にも短銃がぶらさがっている。短銃は、銃身の長い猟銃とちがって庶民が所持できるほど安くない。かつては貴族が装飾の凝った短銃を芸術品のように職人に作らせていたが、いまは国軍や資金が潤沢にある貴族の私兵などの一部が、簡素な意匠の短銃を取り入れていた。

男たちが持っているのは、簡素な型の短銃だ。しかも、あまり使いこまれた感じがしない。構え方もぎこちないように見えた。

（もしかして、これが他国から流れてきた傭兵崩れか……？）

大金で危険な仕事を請け負ったという一味の話が頭に浮かんだ。この男たちがライト伯爵家のルシアンナ嬢を殺害したのかもしれない。短銃は雇い主が男たちに提供したと考えられる。

そうだとしたら、なぜこの男たちが自分を殺すために、わざわざディンズデール地方領まで来たのかわからない。

だが、いま命の危機に直面しているのは確かだった。

いままで、ヒューバートはこれほどまで命の危機を感じる場面に遭遇したことはなかった。フォルド王国は先王から何十年にもわたって大規模な戦争を起こしておらず、ヒューバートは軍に籍はあるが訓練ではない本物の戦場に立ったことがない。王都からほとんど出ない生活を送っていたから、毒殺以外の危険に晒されたことがないのだ。

日々の鍛錬は欠かしていないとはいえ、実際に人を斬ったことはなかった。

最悪なことに、いまヒューバートを護衛している近衛騎士たちには、銃器を携帯させていない。まさか必要な事態に遭遇するとは思ってもいなかったからだ。ヒューバートは革鎧もつけていない。そう簡単には斬られない自信はあるが、飛び道具に対して無防備だった。短銃の扱いに慣れていなさそうな男たちだ。訓練があまりできていないことを祈るしかない。

ハウエルが騎乗したまま、すっとヒューバートの前に出た。短銃の発砲に備えて盾になるつもりだろうが、だれ一人として死なせたくなかった。もちろん、自分も死ぬ気はない。

ヒューバートも馬上ですらりと腰の剣を抜いた。

ここで殺されるわけにはいかない。こんなところで王太子が暗殺されては、ディンズデール家の責任になってしまう。ライアンにどんな災難がふりかかるかわからなかった。

「やれ！」

首領の男が命じたとたん、男たちが一斉に斬りかかってきた。近衛騎士は冷静にそれを受ける。ある者は馬上から、ある者は地面に降り立ち、おのおのが得意とする闘い方をした。ヒューバートも応戦し、一人を倒す。はじめて人を斬ったが、冷静に剣を振り、身動きできないでいどにとどめることができた。

銃口はつねにヒューバートを狙っていたが、何度か発砲音が響いても、弾丸は明後日の方向へ飛んでいっている。祈りが通じたか、男たちはやはり短銃に慣れていなかった。

それならばと、素早く動いて乱闘の中に身を置く。下手に撃てば味方に当たりかねないよう、わざと計算して移動した。

「くそっ」

悪態をつきながら銃口をさ迷わせている男に、近衛騎士が横から斬りかかる。騎士の剣が一閃したあとには、腕ごと短銃が地面に落ちていた。

「ぎゃあぁぁぁ！」

壮絶な悲鳴が響き渡った。血臭とともに乱戦が激しくなり、あちらこちらで襲撃側の男たちの呻き声が聞こえた。

やはり厳しい訓練をくぐり抜けてきた精鋭の近衛騎士は強い。あっという間に男たちは半減していた。何人も地面に倒れこみ、血を流しながら蠢《うごめ》いている者、ぴくりとも動かなくなった者など、戦場の様相を呈した。

しかしそうなると、ヒューバートの弾除けがなくなる。いつのまにかハウエルと離れてしまった。戦闘可能な男たちはまだ八人ほどおり、そのうちの一人が切り落とされた仲間の腕から短銃を拾ったため、向けられている銃口は三つから変わらない。

「殿下！」

騎士の一人が馬首をめぐらせてヒューバートの前に立ちはだかった。その直後、パン、と乾いた音とともにその騎士が乗った馬が前脚を高々と上げた。馬に当たったのだ。

「うわっ」

落馬してどうと地面に倒れて呻く騎士を、助け起こすことはできない。一瞬たりとも襲撃者たちから目を離せなかった。

「殿下、俺が斬りこむから中央を突破して逃げてくれ！」

ハウエルの提案に、ヒューバートは逡巡した。なんとしても自分が助からなければならないのは理解しているが、いつも行動をともにしている彼らを見捨てていくことに躊躇いが生じてしまう。王太子としてときには非情になることも必要だと教えられてきたのに、実際その場面になると迷った。

「殿下、行くぞ！」

馬の腹を強く蹴って駆け出したハウエルを慌てて追いかけようとしたときだ、パンと銃声がしてこんどはヒューバートが騎乗していた馬が大きくよろめいた。とっさに対処しきれず、ヒューバートは振り落とされる。落馬する寸前に頭を庇うことだけはできた。

「殿下！」

ハウエルが馬を降りて駆け寄ってくる。背中を強打した痛みに呻くヒューバートに、「撃たれたのか」と真っ青になって聞いてきた。

「いや、俺は撃たれていない。たぶん馬に当たった」

馬は動揺も露わにふらふらと足取りを乱している。致命傷にはなっていないようだが、右の前脚の付け根あたりから血が流れていた。

何人かの近衛騎士が馬から降り、男たちを剣で牽制しながらヒューバートを囲んだ。短銃の脅威にも怯まず、主を守ろうとしてくれる。ありがたくて涙が出そうだった。

ヒューバートは近衛騎士の手を借り、なんとか立ち上がった。運がいいことに、打ち身だけでひどいケガはしていないようだ。短銃を持った男たちは、弾を無駄にせず確実に狙いを定めたいと思っているのか、じりじりと間合いを詰めてくる。

まさに絶体絶命だ。

ヒューバートはライアンのことを思った。

ここで死んだら迷惑をかけてしまう。それに思い残すことが多すぎる。今日ここで死ぬとわかっていたら、ライアンと一夜でも共にするべきだった。その機会はいくらでもあったが、急ぐ必要はないと思っていた。人間、いつ死ぬかわからないのに。

国王アーネストの父親アンドレアは、三十五歳のときに事故で亡くなっている。落馬したときに岩で頭部を強打したためだ。アーネストが十七歳のときだ。彼はそれを間近で目撃して以来、馬に乗らなくなったという。

もしかしたらアーネストはいつなにがあって儚くなるかわからないのだからと、全力で恋人を守り、側に置いているのかもしれない。後悔しないように。

こんな場面になってはじめて、ヒューバートはアーネストの頑なさがすこし理解できたような気がした。

（ああ、ライアン……！）

もう一度、抱きしめたい。くちづけたい。

そのときだ、前方から馬蹄が地面を叩く音が聞こえてきた。全員が一斉に視線を向ける。土煙を上げ、馬が数騎、駆けてくるのが見えた。五騎はいるだろうか。ヒューバートは襲撃者の応援が来たのかと一瞬、青くなった。

「殿下！　ヒューバート殿下！」

駆けてくる馬の上から、だれかがヒューバートを呼んだ。愛する人の声を聞き間違うはずがない。ライアンだ。

目を凝らせば、先頭を走っているのがフィンレイだとわかる。

「助けが来ました。あれは領主夫人とライアン殿、そして領兵です！」

近衛騎士の一人が、安堵の混じった声でそう言った。いったいどうやってヒューバートの危機を察したのかはわからないが、ライアンが領兵を連れて来てくれた。

近衛騎士たちがふっと緊張を解くと同時に、襲撃者たちがにわかに慌てはじめる。すでに仲間を何人も倒されて、戦意が喪失していたせいだろう。動揺のあまり森の中に逃げようとする者もいた。

戦闘に混じることなく傍観していた首領の男が、表情を一変させた。

「落ち着け、逃げるな！　早く王太子を殺せ！」

怒鳴りつけられた男たちが慌ててヒューバートたちに向き直る。焦燥感もあらわな顔つきであらためて銃口をつきつけられたときだ。

まだかなりの距離がある応援部隊の中で、フィンレイが馬上で手綱を放し、すっと腰を上げた。背中に手を回し、構えたのは銃身の長い猟銃だった。

ガァン――と大きな銃声が耳に届いたときには、ヒューバートに銃口を向けていた男が倒れていた。背中を殴られたように地面に突っ伏した男の下から、じわりと鮮血が広がる。

「あの距離から当てたのか……！」

しかも疾走する馬の上から。驚愕の射撃の腕に、ヒューバートは唖然とした。

襲撃者たちもまさかあの距離から撃たれるとは思っていなかったらしく、たちまち浮き足だった。続いて二度の銃声が響き、短銃を持っていた男たちがすべて倒される。

「動くな！　動くと撃つ！　全員、武器を下ろせ！」

フィンレイは凛とした声を張り上げながら油断なく猟銃を構え、近づいてくる。観念して地面に膝をつき投降の意志を示す者もいれば、森の中へ駆け出した者もいた。そんな男の足元にフィンレイが銃弾を撃ちこみ、動きを封じる。

領兵たちは馬を降りると、投降した男たちを縛り上げはじめた。ふと気づくと首領の男の姿がない。仲間を見殺しにして自分だけ逃げたのか。

「ハウエル、あそこに立って指示を出していた男がいないぞ」

「俺もいま気づいた」

周囲を見渡すが、あの男は岩の陰にでも隠れているのかすぐには見つけられない。

「殿下！」

ライアンを乗せた馬が、みんなを除けながらヒューバートのところまで進んできた。

このどこからどう見ても文化系の側近が、馬に乗り慣れていないことをヒューバートはだれよりもよく知っている。フィンレイと領兵一行についてくるだけでどれだけ大変だったか。地面に降り立ったライアンは、膝をよろめかせながらもヒューバートに歩み寄ってきた。思わず両手を広げたヒューバートの胸に飛びこんでくる。

「殿下、ご無事ですか、おケガはありませんか」

「俺は大丈夫だ、近衛たちが守ってくれた」

「ああ、よかった、よかった……」

碧い瞳からどっと涙を溢れさせたライアンが健気で愛しくて、ヒューバートは強く抱きしめた。

「殿下にもしものことがあったら、私はもう生きていけません」

「ライアン……」

生きて再び会えたことが嬉しくて、ヒューバートは人目もはばからずライアンにくちづけた。ライアンも胸を押しつけるようにして縋りついてくる。

「動くな！」

森の中から野太い男の声が飛び出してきた。首領の男が短銃を構えて、岩の向こうから姿を現わした。うまく林の中を移動して回りこんだらしく、かなりヒューバートに近づいている。その銃口はヒューバートに向けられていた。

サッとライアンが身をひるがえし、ヒューバートの前に盾のように立った。躊躇いもなく庇うライアンに、ヒューバートは驚いた。

「みんな動くな。近衛も、領兵も武器を捨てろ。そうしないと王太子殿下をぶっ殺すぞ」

首領の男は口を笑いの形に歪めながら、一歩一歩、ゆっくりと森の中から出てくる。その目はヒューバートと近衛騎士の馬を交互にちらちらと見ていた。馬を奪って逃げるつもりか。

「ほら、凄腕の兄ちゃんも武器をすべて置け」

フィンレイに命じている。ひょいと肩を竦めたフィンレイは猟銃と短銃二丁を地面に置いた。それを合図に、領兵と近衛騎士たちも手にしていた剣や短銃を手放す。

ヒューバートは自分の前からライアンを退かそうとしたが、踏ん張られて動かない。

「ライアン、俺の前から退け。弾が当たったらどうする」

「いいえ、退きません」

はっきりとそう宣言しながらも、ライアンの脚が小刻みに震えている。涙のあとが残った頬は青ざめていた。

「なにがあっても私は殿下をお守りします」

「おまえが死んだら、俺も生きていけないんだぞ」

「殿下は生きてください。立派な国王になってください。それが唯一、最期の、私の望みです」

「おい、最期とか言うな」

現実になりそうでゾッとする。ライアンにここで死なれるなんてとんでもない。自分が暗殺されるのとはまったくちがう恐怖が襲ってきて、ヒューバートは目の前が暗くなった。

ライアンはヒューバートに命を捧げている。その本当の意味を、ヒューバートはいま思い知った。

かといって、もしここでライアンを引きずり倒してヒューバートに弾が当たったとしたら、彼は一生自分を責め続けるだろう。なぜ守りきれなかったのかと。ヒューバートを恨めしく思うかもしれない。せっかくの献身を台なしにしたと。しかし――。

たとえ恨まれたとしても、愛する人を盾になどできない。

「ライアン、退け」

「いやです」

自分を庇ってライアンが死んだら、ヒューバートの心は死ぬだろう。愛する人を死なせたいなどと、だれが思うだろうか。

それならば自分が銃弾をすべて引き受けて死んだ方がマシだ。恨まれてもいい。

「退くんだ！」

「いやです！」

ライアンの頑固さに舌打ちし、ヒューバートは強硬手段に出た。腰を掴んで足払いをかける。「あっ」と声を上げて倒れたライアンを抱きかかえ、自分が銃口の前になる体勢になった。

「殿下、ダメです！」

「黙れ」

じたばたともがいてわめくライアンの口を、ヒューバートは手で塞いだ。

「おい、動くなと言っただろう！」

首領の男が怒鳴った。腕の中でライアンがビクッと震え、硬直する。怒った男が発砲したら確実にヒューバートに当たると思ったのだろう。このままおとなしくいてほしくて、ヒューバートはきつくライアンを抱きしめた。

ヒューバートとライアンがその体勢のまま動かなくなったのを見て、首領の男は短銃でこちらを牽制しながら、そろりそろりと動いて馬に近づいていった。

あの男の狙いはヒューバートの命だ。撃たずに逃げるとは思えない。最後の最後にぜったいに発砲するにちがいない。

そのときのためにヒューバートは身構える。至近距離だ。短銃に慣れていなくとも当たるだろう。たとえ恨まれても、ライアンを永遠に失うよりマシだ。

「殿下っ」

ライアンがもう一度もがいたが、ヒューバートは絶対に離すものかと抱えこんだまま力をこめる。

首領の男が目当ての馬の手綱を握ったとき、こちらから一瞬だけ意識が逸れた。

その隙を逃さず、フィンレイが地面を転がった。上体を起こしたときには左手に短銃を握っていた。自分で地面に置いたものを拾ったのだ。

パンパンと二発続けて銃声が響く。首領の男が「ぐうっ」と呻いて倒れた。男の手に握られたままの短銃を、ハウエルが飛びついて奪う。弾丸は右肩と左大腿部に命中したらしい。

横たわって起き上がれない男が、「くそっ」と悪態をついた。

涼しい顔をして立ち上がったフィンレイは、短銃を腰の革ベルトにもどすと服に付いた砂をパッパッと払う。

「お見事です」

「さすがです」

領兵たちが目をキラキラさせてフィンレイを褒めるのを、ヒューバートは唖然として眺めた。この異母兄、凄すぎる――。

唖然とするあまり全身の力が抜けていた。ヒューバートを突き飛ばす勢いでライアンが立ち上がる。

「殿下！」

胸ぐらを掴まれ、がくがくと揺すられた。ライアンは泣いていた。ボロボロと涙をこぼしながら、「なぜあんなことを」と叫ぶように責めてくる。

「私などどうなってもいいのです。まずはご自分の身を守ってください。二度とあんなことはしないでください！」

「愛する者を盾にできるわけがないだろう」

「なっ……」

涙に濡れた目を見開くライアンを、ヒューバートはあらためて正面から抱きしめた。

「おまえが無事でよかった」

心からの安堵の言葉が出る。ライアンが「殿下も」と掠れた囁きで返してくれ、胸の中ですすり泣いた。痛いほどの愛しさに、ライアンの頭をかき抱き、自分の胸に押しつける。なくせない、なくしたくない、大切な存在。

もし自分のせいでライアンになにかあったら、ヒューバートは生きていられない。それ以前に、ライアンを危険な目にあわせたくない。

自分は王太子だ。二度と命を狙われないなどと、楽観的なことは言えない。

(ああ――……ライアン)

ヒューバートは天を仰いだ。ディンズデールの空を見つめる。

忘れないようにしよう。この平和な色を。自然豊かな土地の空気を。愛しい人はここで育った。そして領主にと望まれている。

ならば領主になるべきだ。

腕の中で震えて泣いているライアンを死なせないために、ヒューバートはきつく目を閉じながら、ひとつの決断を下したのだった。

◇

捕縛された傭兵崩れの襲撃者一味は、生きている者のうち軽傷の者は領兵詰所へ連行され、重傷者は医師の手当てを受けた。

首領の男は、尋問されて雇い主の名前を吐いた。

伯爵令嬢を殺害し、公爵令嬢を襲い、そして王太子の暗殺を謀った。罪は重い。一味ともども、死罪は免れないだろう。ただ受け取った報酬金はすでに分配済で、それぞれ故郷の家族に送ったあとだった。

ディンズデールとヒューバートは、支払われた金に関して返金は求めないと断言した。すると安堵したのか、首領の男はすらすらと話しはじめたのだ。

「俺たちを雇ったのはルアード侯爵だ。最初に連絡を取ってきたのは侯爵の秘書だという男で、報酬もその男から受け取ったが、俺が一度でいいから侯爵に会わせろ、そうしないと請け負わないぞと脅したら会わせてくれた」

「その男は本当にルアード侯爵だったのか？　名を騙った別人ではなかったか？」

フィンレイの詰問に、首領の男は「バカにするなよ」とムッとした。

「部下に命じて帰っていく侯爵を尾行させた。立派なお屋敷に入っていったぜ。顔ははっきり覚えている。似顔絵師がいるなら描かせてみろよ」

自信たっぷりにそう言うので、ライアンはジェイを呼んだ。ジェイはすぐに紙と木炭、修正用のパンを持ってきて、領兵詰所の取調室に来てくれた。

その場にはヒューバートとハウエルもいて、ジェイが男から聞き取りながらさらさらと木炭を走らせていく様子を興味津々で見守った。半刻もかからずに似顔絵ができた。ジェイはルアードに会ったことがない。首領の男から聞いた特徴だけで描き上げたのだ。

「ルアード侯爵にそっくりだ」

ヒューバートが驚きとともに認めると、首領の男は「だろ？」と胸を張る。

「だから、俺たちに暗殺の依頼をしたのは、ルアード侯爵なんだよ」

投げやりな態度で男は脚を伸ばして椅子に座っている。もうなにもかも観念しているようだった。王太子の暗殺を請け負った時点で、こうなることは予想していたのかもしれない。

ディンズデールとしては領内での取り調べをそこまでとして、王都へ身柄を移送することにした。貴族の令嬢が続けて襲われた事件は王都警備隊の管轄だし、王太子の暗殺未遂事件は王家に委ねた方が得策だ。王都への移送は十日間の長旅になる。全員無事に送り届けられるように、フレデリックは入念に準備をした。

「ライアン、明日、俺は王都に戻る」

首領の男がすべてを自供した日の夜、ヒューバートが寝起きしている客室に呼ばれ、ライアンはそう告げられた。いつでも戻れるように、ライアンはすでに荷物をまとめている。

「そのつもりで私も準備をしております」

ヒューバートは、なぜか黙ったままだ。暗殺未遂事件が起こる前までは、ディンズデールから王都まで十日の馬車旅を楽しみにしていたはずなのに、ヒューバートは沈鬱な表情をしている。それほど今回の事件が心に重くのし掛かっているのだろう。

ライアンは安心させようと、警備態勢について説明した。暗殺未遂事件があったばかりだ。近衛騎士だけの警備では道中が不安なので、フレデリックに頼んで領兵を貸してもらうことにしていた。

「領兵は腕がたつ者を選抜しました。フィンレイに指導を受けた射撃の名手もその中に入っているので安心してください。すでにハウエルと領兵が警備について綿密な計画をたてています。道中の安全は保証しますので、なにも心配はありません」

ライアンはヒューバートの前に片膝をついた。右手を胸にあて、視線を上げる。

「それに、私がおります。殿下の命を、なにがあっても私がお守りします」

揺るがない忠誠心を示したつもりだったが、そこにあったのは、さらに憂いを濃くした茶色い瞳だった。

「ライアン、俺はひとりで帰ることにした」

えっ、とライアンは首を傾げた。意味がわからない。ヒューバートはライアンを迎えに来たはずだ。二人で帰ろうと話していたのに。

「殿下?」

「俺のために身命を投げ打つ必要はない。おまえはこの地の領主となり、平和に暮らせ」

「どうしたのですか、急になにを」

「自分が暗殺されかかってから気づくなんて愚かだな。だが取り返しがつかなくなる前でよかった」

　ふいっと背中を向けてしまったヒューバートに、ライアンは慌てて取りすがった。

「待ってください。どういうことですか。いったいなにが？　どうして急にそんなこと……。私がいらなくなったのですか。今回のような事態になったとき、私では役に立たないと思ったからですか。たしかにハウエルたちのように剣の腕はありませんし、フィンレイのように射撃もできません。でも、いざというときには殿下をこの身でお守りする覚悟はできております。今回は殿下に庇われてしまいましたが、次回は殿下の足手まといにはならないように、もっと効果的な――」

「だから連れて帰らないと決めたんだ！」

　振り返りざまに叫んだヒューバートは、泣きそうな顔をしていた。

「俺のためにおまえが死ぬなんて、そんなこと、あってはならない。でもおまえは、俺に危機が迫ったら今回のようにその身を盾にするだろう。そのくらい大切にされている自覚はある。だからこそ、もうおまえを側に置いておくことはできないと思ったんだ」

「殿下……」

そんなばかな、とライアンは愕然とした。国にとって重要な王太子を守りたい、それ以前に愛する人を守りたいという気持ちから、ライアンとしては当然の行動だったのに、それがダメだと言われてしまった。

「愛している、ライアン」

立ち尽くしているライアンを、ヒューバートが抱きしめてきた。いつもは明るく輝いている茶色い瞳が、悲しみに潤んでいる。いまにも頬にこぼれそうな、その潤みに、ライアンは打ちのめされた。

ヒューバートは本気だ。口先だけでなく、本心から、ライアンをこの地に置いて一人で王都へ戻ろうとしている。

「ずっと、愛していた。おまえと離れたいと思ったことなど一度もない。でも……」

「殿下、私を連れて帰ってください。私をここに置いていかないで」

別離の予感にライアンは目の前が暗くなりそうだった。銃口を向けられたときよりも怖い。あのときはヒューバートのために死ねるのならば本望だと思った。怖かったけれど、これが自分の使命だと覚悟した。

それなのに。

「わかってくれ、ライアン。俺はおまえが大切なんだ。俺は盾になってほしいなんて微塵も思っていない。けれど側にいれば、おまえは俺の盾になろうとするだろう。だったら、側に置かないようにするしかない」

「では、私は殿下の盾にはなりません」

「思ってもいないことは、言うもんじゃない」

苦笑いで窘められ、ライアンは唇を噛みしめる。どうすればいい。なんと説得すればヒューバートは考え直してくれるのか。

「ライアン、わかってくれ」

まるで子供を宥めるかのように、甘くて柔らかな声音だった。ライアンは腹が立ってきて、ヒューバートの胸を拳で叩く。不敬だとわかっていても我慢できなかった。

「殿下は私を軽く見ているのですね。自分の言いなりになる人形だとでも思っているのでしょう。なぜ勝手に決めるのですか。私の意思を無視して、領地に残れ、領主になれだなんて！　あなたの言葉で一喜一憂する私をおもしろがってでもいるのですか！　暴君も甚だしい！」

本当はそんなふうには思っていない。でもヒューバートを詰る言葉が止まらなかった。

「私を馬鹿にしている。こんなにあなたのことで頭がいっぱいなのに、こんなところまで追いかけてきて、酷い人です、あなたは！」

どっと涙が溢れてきた。

ヒューバートがライアンを思って、一人で帰ると決めたことくらいわかる。ライアンも銃口を向けられたヒューバートを目の当たりにして全身の血の気が引いた。ヒューバートを助けるためなら自分の命など惜しくはなかった。

おそらくヒューバートもおなじ気持ちになったのだ。だから一人で帰ろうとしている。

「ライアン、すまない。どれほど俺を詰ってもいいから、おまえはここに残れ」

「いやです」

「ライアン」

「私を連れて帰ってください。離れたくありません。お側に置いてください。お願いします、私を、王都までいっしょに――」

泣きながらの訴えは途中で遮られた。ヒューバートに唇を塞がれたからだ。きつく抱きしめられて、深くくちづけられる。情熱的な舌がライアンの口腔を激しくまさぐり、息まで奪ういきおいで言葉を奪われた。

髪の中を大きな手がまさぐり、痛いほど顔を押しつけられる。ライアンもヒューバートの首に腕を回してしがみついた。離れたくない、という気持ちのままに、自分からも舌を差し出してヒューバートのそれと絡める。熱いくちづけを交わし、おたがいの想いをぶつけるように体を押しつけ合った。

涙が止まらないのに、火がついたように体は燃え上がっていく。

もっとヒューバートと近づきたい。もっと隙間がなくなるほどに密着したい。もっと、愛する人と、ひとつになりたい――。

　長いくちづけに腰から下が萎《な》えてきて、がくんと倒れそうになったとき、ヒューバートがすかさずライアンを抱きとめた。碧い瞳を涙で濡らしたまま頬を赤く染め、呼吸を乱しているライアンを、ヒューバートがじっと見つめる。

「でんか……」

　舌が回らず、幼子のような口調になってしまった。その直後に横抱きにされ、ライアンは隣の部屋に運ばれた。寝室だ。ライアンはもう、ヒューバートにならなにをされてもかまわない気持ちになっていた。

　賓客用の広い寝台の上に下ろされ、ヒューバートが覆い被さってきても、ライアンは動かなかった。濡れた目で、黙って愛しい人を見上げる。

「ライアン、一晩だけ、俺にくれないか」

　切実な想いがこもった声と目だった。

「残酷なことを求めているとわかっている。だが、今夜だけでいい。おまえを自分のものにしたい。愛しているんだ」

　ライアンは手を伸ばし、震える指先でヒューバートの頬に触れた。精悍《せいかん》な輪郭をなぞり、顎から唇、高い鼻梁《びりょう》へ。ライアンはヒューバートの国を思う信念だけでなく、臣民を労る心と、フィリップを愛する優しさ、そしてこの凛々しい容貌も好きだった。

二十七歳にもなるのにときおり我が儘を言い、ライアンを困らせるところは面倒だったが、憎めなくて可愛いと思っていた。

「殿下、愛しています」

いままで言えなかった——いや言ってはいけないと自分に禁じていた言葉を、いまここで口にした。

「もうずっと前から、あなたのすべてを愛しています」

「知っていたよ。ライアン」

目尻からこぼれた涙を、ヒューバートが微笑みながら指で拭ってくれた。

「私を、どうぞお好きなようにしてください。殿下のなさることが、私の求めることです」

「ありがとう」

ヒューバートにくちづけられ、ライアンは目を閉じた。


全裸にされて、足の指先からなにかを確かめるように、そして味わうように肌のすべてにくちづけられた。燭台《しょくだい》のほのかな蝋燭《ろうそく》の光の中、覆い被さっているヒューバートの逞しい体が浮かび上がっている。寝起きや湯浴み直後の薄着姿は何度か見ていたが、一糸まとわぬ姿ははじめてだった。全身にしっかりと筋肉がついた頑健そうな体と、その股間でそそり立つ雄々しい性器。いつもは明るく柔和な光に満ちた茶色い瞳は、激しい情動を含んだ強い光を放っていた。

「本当にはじめてなのか？」

ライアンの白い腹にくちづけながら、ヒューバートが聞いてくる。臍のまわりに吸いつかれ、ライアンはくっと息をつめた。まだ性器に直接触れられていないのに、あちこちらにくちづけられただけでライアンの性器は勃ち上がっている。ヒューバートのくちづけを歓迎している証拠で、それが淫らな本性を暴かれているようで恥ずかしかった。

「……はじめて、です」

ヒューバートへの愛を自覚してから、このような場面を具体的に想像しないようにしてきた。不敬だと思ったからだ。けれどたまに自分の手で溜まったものを発散するとき、ヒューバートの顔がどうしてもチラついた。愛する人をみずから汚してしまったような罪悪感に苛まれたものだ。

まさかその人に愛撫を受ける日が来るとは。

ヒューバートの性器は、ライアンのものよりずっと猛っている。それだけ求められていると思うと、嬉しさと同時に恐怖もあった。だから未経験だと告白したのだ。

「きっと上手にできません。申し訳ありません」

「なにを言う。おまえがはじめてで俺は嬉しいぞ。俺のために貞操を守っていてくれたのだろう？」

　そう言われればそうなのかもしれないと思う。ライアンはこの年までいろいろな男女に大人の遊びに誘われたり真剣な想いを告げられたりしたが、すべて断ってきた。いつもヒューバートのことで頭がいっぱいで、一夜の戯れでもそんなことをする気になれなかったからだ。

「きれいだ、ライアン。優しくしたいが、俺の忍耐がもつかどうかわからんな……」

　不穏なつぶやきを残し、ヒューバートはライアンの胸の飾りに吸いついてきた。最初はくすぐったいとしか思わなかった舌の動きが、しだいに不思議な感覚を生んでいく。焦燥感に似たものがじわじわと広がっていき、じっとしていられなくなったとき、それが快感の芽だと気づいた。

　片方を吸われながら、もう片方を指で執拗《しつよう》に弄《いじ》られる。歯でコリッと刺激されたとき、はっきりとした快感が背筋を貫いた。

「あっ！」

　びくんと全身で反応してしまい、ヒューバートにそうと知らせることになる。彼はさらに胸を弄ってきた。逃れようともがいても下半身に体重をかけられて思うように動けない。ライアンの股間はヒューバートの腹部に密着している。勃ちあがっていた性器がさらに勢いを増したことも知られただろう。ぬるりと滑る感触があった。先走りの体液がかなりこぼれているとわかり、ライアンは羞恥のあまり視界が赤くなった。

「もう、殿下、もうやめてください……」

「まだこれからなのに？　すべてを俺に委ねてくれるのではなかったか？」

それを言われると辛い。経験がなかったからこそ、そんなことが言えたのだ。肌を合わせることがこんなに恥ずかしいものだと知っていたら、もっとちがった言葉を選んでいただろう。

ヒューバートはライアンの両方の胸を両手で弄りながら、唇を移動させた。下へ、下へと動いていく。ライアンがまさか、とうろたえているあいだに、彼の唇は性器に到達していた。くちづけと胸への愛撫だけで反り返るほどになっていた性器の先端に、唇が押しあてられる。

目眩がするほどの快感に、あやうく放ってしまうところだった。なんとか堪え、ヒューバートの行為を目で確かめる。ライアンのものに、この国の王太子が口腔で奉仕している光景が衝撃的だった。

蕩けそうな快感にくらくらしながら、なんとか言葉を発する。

「殿下、それを、お離しください。そんなことをしてはいけません」

「どうして？　俺は愛する人を気持ちよくしたいだけだ」

「娼婦がするようなことです。高貴な身分の方が――」

「頭が固いな、ライアン。性行為の内容に身分は関係ない。やりたいことをやればいいんだよ。俺はおまえの体中にくちづけたいんだ。後ろもあとで舐めてやるから、覚悟しておけ」

「え、え？　うしろ？　あの、殿下、それはいったい」

「もう黙れ。おまえは黙って寝転がっていればいい。俺がおまえへの愛を自覚してから散々に脳内で思い描いていたことを全部やってやるから受け止めろ。ああ、でも感じるなら素直に声に出してくれ」

なにかすごいことを言われたような気がしたが、局部に顔を埋められて絶えず快感を与えられていては、まともに耳に入ってこない。なんどもいきそうになりながら、寸でのところで愛撫を緩められ、放出することができない。出口を求める欲望が腹の中でぐるぐると渦巻くようだった。こんな状態になったことがなく、苦しくて涙が滲んでくる。

「もう、でんか、ゆるして、くださいっ」

熱い。頭が煮えそうに熱い。ライアンは熱に浮かされたように喘いだ。

男同士の性交は、後ろの窄まりを使うことくらい知っている。経験がなくともそのくらいの知識はあった。だからヒューバートがライアンに挿入して射精するだけだと思っていたのに、ちがうのか。そうとうの痛みがあることは覚悟していたが、こんなにあちらこちらを弄られて、我慢させられて、喘がされるとは。

「ああ、でんか、んんっ」

「まだだよ」

力が入らなくなっている下肢を、ヒューバートにぐいっと持ち上げられた。体を二つに折るような息苦しい体勢にされる。両脚のあいだがヒューバートの目の前で大きく広げられ、丸見えになる格好に悲鳴を上げそうになった。もうさっきから散々見られているとはいえ、この格好は酷い。

「でんか、いやです、でんか」

抵抗しようと両脚を暴れさせたら、ヒューバートのどこかを蹴ってしまったらしい。

「痛っ」と聞こえて、慌てておとなしくした。

「も、もうしわけありません……」

「好きなようにさせてくれよ、ライアン。最初で最後の夜だぞ」

念を押すようにまた言われ、涙が溢れてくる。そうだ、ヒューバートに抱かれるのは今夜だけ。ライアンはこの地に置いていかれるのだ。

「そう、いい子だ。なにも恥ずかしいことはない。不敬なこともなにもない。いいな？」

「……はい」

泣きながら頷き、ライアンはもうなにをされても抗わないと決めた。羞恥など一時のことだ。最初で最後の夜ならば、思い残すことのないようにすべてをさらけ出し、心を通じ合わせたかった。

だからヒューバートがライアンの尻の谷間を広げ、そこに舌を差しこんだときもなにも言わなかった。不浄の場所に王族が口をつけている、そしてその行為が快感に結びついている事実に混乱しながらも、ライアンは素直に喘いだ。

「ああ、でんかっ」

唾液にまみれた指が挿入される。嬲《なぶ》られているうちにそんなところが気持ちよくなってきて、ライアンは狼狽えた。性器は萎えるどころか、指が二本、三本と増やされていくにしたがってはち切れんばかりに膨張する。

「感じてくれているのか、ライアン。嬉しいよ」

ふふふ、とヒューバートが笑いながら上体を起こした。彼の股間にそそり立つものは、さっきちらりと見たときよりも凶暴な様相を呈している。ライアンを喘がせていたあいだ、ずっと放置されていたのだから当然だろう。ぬらぬらと光っているのは、先走りが溢れているからだ。ライアンはそれから目が離せなくなった。

ヒューバートに口腔で愛撫されて、ライアンはとても気持ちがよかった。お返ししたい、という欲望に駆られ、ライアンは発熱したときのように重怠い体を起こす。

「ライアン？」

いぶかしげな声を出したヒューバートの腰に縋りつくようにして、ライアンはそれにくちづけた。「ああ」と艶めいた吐息がこぼされる。

「してくれるのか」

返事のかわりにライアンは口をいっぱいに開けて性器を口腔に含んだ。嫌悪感などまるでない。愛しい人の大切な器官だ。精一杯の愛をこめて奉仕したい。

自分がされたことを思い出しながら唇をすぼめ、頭を上下させる。とうてい口腔におさまりきらないので、幹を手で扱いた。先端の割れ目からどんどんこぼれてくるものを吸いとる。はじめての味に、酔ったように頭がぼうっとしてきた。

「ああ、いい……、ライアン、とても上手だ」

髪を撫でながら褒められ、ライアンはいつしか夢中になって口淫した。ヒューバートの手が髪から首に滑り、背中を撫ではじめる。そんなささいなことにも感じて、ライアンは陶然と目を閉じる。背骨をたどるように尻へと向かったヒューバートの手は、谷間に滑りこんできた。

「んんっ、んうっ」

ぬるりと窄まりに指を埋めこまれ、ライアンはくぐもった嬌声を上げる。さっき弄られて柔らかくなっていたそこは、指を簡単に受け入れてしまった。中断された刺激を待っていたのか、粘膜が勝手に蠢いてヒューバートの指を締めつける。爪や関節の形までも克明に感じ取れるほどに、敏感になっていた。

「ライアン、もういいよ。このままおまえの口に出して飲ませたい気持ちもあるが、早く体を繋げたい」

「あぅ……」

大きく口を開けて一生懸命に口淫していたせいか、顔を上げさせられても、疲れを覚えた顎がうまく閉じられない。唾液がこぼれるライアンの口を、ヒューバートが苦笑しながら脱いだシャツで拭いてくれた。

「おまえは本当に可愛いな」

そっと仰向けに倒されて、ヒューバートは泣きそうな顔で抱きしめてくる。

「愛している。俺にはおまえだけだ」

「わたしも、です」

動きが鈍い舌をなんとか動かして、ライアンも想いを伝えた。もう一度両脚を広げられ、解した窄まりに熱い剛直があてがわれる。粘膜をかきわけ、ぐっと押し入ってきた。そのはじめての痛みを、ライアンは忘れないでいようと思った。

「あ、あ……っ」

破瓜の痛みはたしかにあったが、愛する人とひとつになれた喜びの方が大きかった。ヒューバートが丁寧に解してくれたおかげかもしれない。体を揺すられて屹立の根元まで受け入れると、もう快感がそこにあった。ゆっくりとはじまった抜き差しに、ライアンは

ぐっと背中をのけ反らせた。

「ああ、すごい、ライアン……俺とおまえがひとつになっている」

感動がこもった囁きを耳にふきこまれ、ライアンもこくこくと頷いた。もうまともな言葉は言えそうにない。

「は、んっ、んんっ」

擦られるとたまらない快美感がわき上がるところがある。体内の秘められたそこをヒューバートの固いもので突かれると、勝手に粘膜が収縮してより多くの快感を得ようとしてしまう。ぎゅっと絡みつく粘膜に逆らってヒューバートが動く。奥まで力強く押しこまれては喘ぎ、焦らすように緩慢に引かれては腰を震わせた。

どうしよう、こんなに気持ちいいなんて――。

ライアンは予想だにしなかった快感に混乱して、「でんか、でんか」と繰り返した。

「どうした？　痛いか？」

ぎくっと動きを止めたヒューバートに、ライアンは戸惑いつつもちがうと慌てて首を左右に振った。その証拠に、快感を追っていた粘膜が、動かなくなった剛直に不満を示すかのように蠢いたのがわかる。ヒューバートを絶妙に締めつけたのか、汗ばんだ顔をじわりと歪め、彼は熱っぽい息を吐いた。

「すまない、ライアン。はじめてのおまえに無理を強《し》いているのはわかっているが、俺はおまえの無意識の甘い誘惑に逆らえそうにない」

「好きにして、ください」

「だから、そういうことを、簡単に言うなっ」

　チッと口の中で舌打ちしたヒューバートは、なにかを振り切るようにして動きを再開した。ライアンの腰をがっしりと抱きこみ、肌と肌がぶつかる音がするほどに激しく突いてくる。ふたたび与えられた快感を、ライアンの体は喜んで受け止めた。早くも慣れてきた粘膜が、濡れて蕩けて至上の快楽を生み出す。

「ああっ、ひ、あうっ、ああ！」

　頭が真っ白になるほどの快感の中で、ライアンはいつのまにか達していた。自身の腹を白濁で汚しながら、体の奥で熱い迸りを感じる。ヒューバートが低く呻き、胴を強張らせていた。

　中に出してもらえたのだと理解し、涙の膜の向こうでぼんやりとしか見えないヒューバートに手を延ばす。

「ライアン……」

　繋がったまま抱きしめ合い、くちづけた。二人とも汗だくで、息が荒い。けれどわずかな時間も無駄にできないとばかりに、ヒューバートがまた動き出す。ライアンに入れたままのそれは、まったく萎えていなかった。

それから延々と、東の空が白みはじめるまで、二人の愛の行為は続いた。ライアンは獣の交尾のように後ろから挿入されたり、寝台に横たわったヒューバートの上に乗る体勢になったり、ありとあらゆる求めに応じた。これが最初で最後ならば、なんでもしておきたかった。ささいな羞恥心にこだわっている場合ではなかった。

「ああ、あーっ、あっ、あーっ！」

嬌声はもう止まらない。ただ揺さぶられるままにライアンは喘ぎ、鳴いた。

「ライアン、ライアン！」

慎みをかなぐり捨てたヒューバートにめちゃくちゃにされながら、たまらなく幸せだった。

気を失うようにして眠ったライアンが目覚めたのは、昼近くになってからだった。

猛烈な喉の渇きと空腹が覚醒を促し、のそのそと寝台に起き上がる。ライアンは賓客用の寝室にひとりきりだった。体液や涙でぐちゃぐちゃだったはずの敷布はきれいなものに替えられていて、着た覚えのない夜着を身につけている。しかもその下の体はさっぱりしていた。敷布よりもずっと、あれこれで汚れていたはずなのに。

窓が半分開けられていて、夏の風がそよそよと通りすぎていく。とても静かだった。

「もしかして……」

ライアンはハッとして寝台から降りようとした。まさかヒューバートはもう発ってしまったのでは？　ライアンが眠っているあいだに、別れも告げずに王都へ帰ってしまったのだとしたら悲しすぎる。

「あれ？」

ところが体が思うように動かず、ライアンはなかなか寝台を下りられない。とくに下半身の感覚が鈍くて、下りられたとしてもまともに歩けるかどうかあやしいくらいだった。

その原因は明らかだ。ライアンは昨夜の嬌態を鮮明に思い出し、カッと顔を赤くした。

「いや、でも、あれは……仕方のないことだった」

自分にそう言い聞かせ、ぐっと奥歯を噛んで羞恥をこらえる。

とはいえ、この寝台の状態とライアンが夜着を身につけていることから、すべてをヒューバートがこっそりと行ったとは考えづらく、城の使用人たちの手を借りたのは確実だ。

みんなに昨夜のことが知られていると思うと、いたたまれなかった。フィンレイはともかく、フレデリックになんと言われるだろうかと考えると、気が重くなった。

「でも、後悔はしていない。私は、殿下にすべてを捧げたかった」

声に出して気持ちを言葉にしてみると、ライアンは落ち着いてきた。そうだ、王太子に夜伽《よとぎ》を求められて、それに応じたまでだ。ライアンは未婚だし、望んでそうなったのだからなにも問題はない。だれかに咎められるものではないのだ。

とりあえずここから出て、着替えてヒューバートがいまどこにいるのか確認したい。ライアンを起こさずに黙って帰ってしまったのなら、泣くに泣けない。別れの挨拶くらいしたかった。

そう思いつつ、なんとか寝台から足を下ろしたときだった。寝室の扉が予告なく開き、ヒューバートが入ってきた。

「ああ、起きたのか、ライアン」

「殿下！」

彼は寛いだ部屋着姿で、いますぐ発つような雰囲気ではない。ライアンはまずそのことに安堵した。彼の後ろには見知った使用人がいて、手には衣服を持っている。

「立てるか？　おまえの着替えを持ってきてもらった。隣の部屋に食事の用意がしてあるから、食べるといい。腹が空いただろう。あれだけ激しい運動をしたあとだからな」

まったく悪気なくヒューバートがにっこり笑いながら言うものだから、ライアンはしばし唖然とした。よく教育されている使用人はとくに反応することなく、寝台の隅にライアンの着替えを置き、静かに退室していく。

時間差で赤面したライアンの様子にかまわず、ヒューバートはご機嫌な笑顔で夜着を脱がしてくれた。上半身を裸にされて我に返る。

「自分で着替えます」

「俺にやらせろ。よれよれのライアンも風情があっていいな。その原因が俺にあると思うと、もっといい」

「なにを――」

燃えるように顔が熱くなって、ライアンはヒューバートの手から自分のシャツを奪い取った。急いで袖を通し、ボタンをはめようとして気づく。自分の胸に、無数に散った赤い痕《あと》があることに。乳首のまわりには歯形まであった。

そうだ、さんざん吸われて舐められて、ときには噛まれたのだ。そのすべてにたまらなく感じて、ライアンは「もっと」とねだったような記憶がある。ボタンをつまんだ指がぷるぷると震えた。

ヒューバートの視線を浴びながら、それでもなんとか着替えをして、ライアンは寝室を出た。足がふらついたが、意地でもヒューバートの手を借りることなく隣室のテーブルにたどりつく。

もう食事を済ませたというヒューバートに見守られ、ライアンは朝昼兼用の食事をした。

喉が渇いていたし、ものすごく空腹だったので、お茶もパンもぺろりと胃におさめてしまう。ライアンが人心地ついたのを見計らってか、ヒューバートが話しはじめた。

「さっき領主夫妻に話をしてきた」

「叔父とフィンレイに、ですか。なにを？」

出立の日時だろうか、と身構える。だがまったく予想していなかったことをヒューバートは言った。

「ライアンは俺のものになったので、この地の領主にはなれないと言ってきた」

「え？」

「抱いてみてわかった。やはり俺はおまえを手放せない。相愛の相手との性交が、あんなに素晴らしいものだと知ったからには、置いていけるわけがないだろう。俺はおまえ以外は愛せない。おまえだけだ。おまえだってそうだろう。だがここに置いていったら、ライアンは領民のだれかと結婚することになるにちがいない。おまえは俺を愛しながら、べつの人間と幸せな結婚生活が送れるのか？　絶対に無理だ。俺とヒルデガードの二の舞になるだけだ。それに、女だろうが男だろうが、おまえが俺以外のだれかのものになるなど許せない。おまえは死ぬまで俺のものだ」

きっぱりと言い切ったヒューバートは、真正面からライアンの目を見つめている。なにものにも揺らがない、確固たる信念のもと、もう決めてしまった目だった。

「あ、あの、殿下？」

「俺はおまえを連れて帰るぞ。今後は離宮で暮らせ。俺とおまえとフィリップと母上、四人で楽しくやろう」

満面の笑みで言われ、ライアンはあまりのことに言葉を失った。

その後、あれよあれよというまに城中にライアンの去就が周知され、フィンレイの指示のもと使用人たちがライアンの荷物をまとめた。

フレデリックは渋々ながら、「王太子殿下がそれほどライアンを求めるなら仕方がない」と認めてくれた。

「ライアンと王太子殿下がそういう仲になっていたなんて知らなかった。おまえからもっと早く打ち明けてほしかった。そうすれば結婚を勧めることはなかったのに」

ともフレデリックに言われた。ヒューバートが以前から二人は恋人関係になっていたという言い方をしたようだ。ライアンはあえて訂正せず、「すみません」と謝った。

ジェイとキースはいつもの楽観主義を発揮して、「領地は僕たちに任せて」と胸を張った。

「大丈夫、優秀な役人たちがいるから、なんとかなるよ。それに後継ぎの心配はいらない。じつは仲良くしている女の子に子供ができちゃって、すぐにでも結婚するつもりなんだ」

「僕も近いうちに結婚する予定。候補の女の子が二人いるから、どっちにしようか迷うところだけど」

どこから突っこんでいいのかわからないことを二人は笑顔で言い、ライアンを呆然とさせた。

その日に領地を発つ予定だったがライアンの体調が整っていないという理由で一日だけ延期し、翌日、馬車に乗せられた。となりには当然のようにヒューバートが座っている。

「ライアン、殿下はそうとうの覚悟で君の人生を引き受けると決めたんだ。殿下を信じて、ついていきなさい。幸せになるんだよ」

黒い瞳を涙で潤ませたフィンレイにぎゅっと手を握られ、さすがにライアンも泣きそうになった。家族全員と使用人たちに見送られ、ライアンは領地をあとにした。

王太子を暗殺しようとした男たちを収容した護送車は、領兵たちによって、すでに王都へ向かっている。

王都までの十日間は、ライアンにとってまだ夢のつづきのような日々になった。

ヒューバートは片時もライアンから離れようとせず、まるで従僕のようにあれこれと世話を焼いてくれる。二人きりの馬車の中では絶えず愛の言葉を囁かれ、唇が荒れるほどくちづけられた。

街道沿いの宿に泊まるときは、かならずひとつの寝台で眠った。ライアンの体調を気遣ってか、ヒューバートははじめての夜のように際限なく求めてはこなかったが、肌の触れ合いは毎晩のようにあった。

あの激しくも幸せな夜から目覚めていないのかと錯覚しそうなほど現実味がない。夢のように、ふわふわと幸せだった。

そんな十日間ののち、一行は無事に王都に着いた。

馬車はディンズデール家の屋敷の車寄せでとまった。あらかじめ知らせてあったらしく、そこにはギルバートが立っている。このまま離宮へ連れて行かれると思いこんでいたライアンは困惑した。離れたくないと態度で示したライアンに、ヒューバートは「落ち着け」と抱きしめてくれた。

「まず陛下に事件の報告をしなければならない。側妃のこともまだ話していない。そののち、おまえのことを説明する。母上とフィリップにも事情を話す。すべての準備が整ったら迎えに来るから、おまえはこのまま側近の仕事を休んで、ここで待っていてくれ」

「本当に、迎えに来てくれますか」

「当たり前だろう。俺の愛を疑うな」

ヒューバートに手を引かれて、ライアンは馬車を降りた。ギルバートが深々と頭を下げて出迎えてくれる。

「ライアン様、お帰りなさいませ。王太子殿下、送り届けてくださってありがとうございます」

馬車の中でのやり取りは聞こえていたはずだが、賢明なギルバートは冷静な態度を崩さず、淡々とヒューバートに挨拶をしている。居たたまれなかったが、使用人たちの目もあるのでなんとか取り乱さないように我慢した。

「ライアンは今後、俺の離宮で暮らすことにする。俺がいつ迎えに来てもいいように準備しておいてくれ。ライアンの立場については、王家から正式に発表があるまで他言無用で頼む」

「かしこまりました」

ライアンの横で二人はそんなやり取りをした。そのあいだに、馬車の後部からライアンの荷物が素早く下ろされている。

「じゃあ、また」

ヒューバートはライアンを抱きよせ、頬に軽くくちづけると馬車に飛び乗った。去っていく馬車を見送り、ライアンは猛烈な寂しさを感じる。十日間もずっとそばにいたせいだろう。

「ライアン様、おめでとうございます、と申し上げてもよろしいでしょうか」

ギルバートにそんなことを言われ、ライアンは頬を染めた。

「ありがとう……」

ヒューバートに惜しみなく愛情を注がれ、夢のように感じていた十日間の旅が終わった。この幸運に、いつまでもぼんやりと浸っていてはいけない。これから王太子の愛人として離宮で暮らすならば、自分になにができるか考えなければ。

おそらく側近ではいられなくなる。やり甲斐を感じていた仕事なだけに、辞めるのは辛いが仕方がない。側近が愛人では、公私混同と誹られる恐れがあった。

それならば、離宮の運営を任せてもらえないだろうか。予算の管理と使用人たちのとりまとめ、いままで以上にヒューバートの健康管理やフィリップの教育、フレデリカとの交流に気を配りたい。

ライアンはヒューバートの伴侶になるのだ。

国王の命に背いた報いがどのようなかたちで降りかかってくるかわからないが、ヒューバートはライアンを守ってみせると言ってくれた。ライアンもヒューバートを信じてついていくと答えた。

死がふたりを別つまで、ともに歩んでいこうと——馬車の中でひそかに誓い合った。

(フィリップ殿下の学習指導をすることになるかもしれない。迎えが来るまでにあらゆる分野の復習をしておこう。フィリップ殿下に質問されて答えられないような無様なことはできない。あとは過去の王妃や王太后が残した回顧録などを取り寄せて、読みこんでおこう。フレデリカ様や、ゆくゆくは自分の助けになるかもしれない)

思いつくままに、頭の隅に書き留めた。あれこれと考えながらも、ライアンの顔は明るく輝いていた。

◇

ヒューバートはライアンを馬車から降ろしたあと、まっすぐ離宮へ帰った。先触れを出しておいたので、離宮では母と息子が待ち構えていた。

「父上、お帰りなさい。ライアンはどこですか?」

溌剌とした笑顔で出迎えたフィリップだが、ライアンの姿が見えなくて訝しげな表情になる。

「ここへ連れて来なかったのですか」

「ライアンは王都内の屋敷に置いてきた」

「そんな……ぼくは一カ月もライアンに会っていないのですよ」

「後日迎えに行くことになっているから、怒るな」

即座に抗議しようとしたフィリップを宥め、ヒューバートはフレデリカに頭を下げた。

「無事に帰りました」

「あなたが命を狙われたというのは本当ですか」

「はい、本当です。ご心配をおかけして申し訳ありませんでした。いまから陛下にお会いして、事件の経緯を説明してきます。それと、今後側妃を娶らないこと、ライアンのことも話すつもりです」

「そうですか。わかってくださるといいのですけど」

「わかってもらえるまで何度でも話します」

「とにかく、無事に帰ってきてくれてホッとしました」

ヒューバートの後ろに立っているハウエルにも視線を移し、フレデリカは微笑んだ。

「ご苦労さまでした。今夜は娘のもとへ帰ってやってくださいね」

「はっ」

フレデリカが娘婿に労いの言葉を贈ったのを機に離宮を出て、ヒューバートは休む間もなく王城へと向かった。

国王への面会要請は届けてあったので、アーネストにはすぐに会うことができた。アーネストの方も、暗殺未遂事件について詳細を聞きたかったようだ。待ち構えていた。

ヒューバートたちより一日早く、護送車は王都に到着している。

「よくぞ無事に帰ってきてくれたな、ヒューバート」

国王の執務室に入るなり、アーネストがいつにない笑顔で歓待してくれた。ヒューバートにもしものことがあれば、大変面倒な事態になっていたからだろう。

「ただいま戻りました。無事に帰還できたのは、ディンズデール地方領の領主夫妻と領兵のおかげです」

「だいたいの経緯は報告書にあったので私も把握している。ディンズデール家には私からも感謝の手紙を贈っておこう」

捕縛した男たちの自供をまとめた報告書は、ジェイが描いた雇い主の似顔絵とともに、すでにアーネストの手に渡っていたようだ。

「ルアード侯爵のもとへは今朝早く、王都警備隊から取調官が出向いた。侯爵本人の自供はまだ得ていない」

それはそうだろう。あの男がそう簡単に自白するとは思えない。

「しかし、ついさきほど、元傭兵と交わした誓約書らしきものが発見されたとのことだ。ヒューバートの暗殺を企てたのは、ルアードにまちがいない。あの男には死罪を言い渡すつもりだ。司法長官が近日中に侯爵家へ出向き、服毒を促すだろう。ただし、侯爵家の存続は許す。爵位は長男が継ぐが、資産の二分の一はターナー公爵家とライト伯爵家への賠償金として取り上げる」

妥当なところだろう。アーネストはバランスをよく考えている。

それはそれとして、ヒューバートは自分にとってもっとも重要な案件を切り出した。

「陛下、俺はひとつ懺悔しなければなりません」

「なんだ？」

「俺の側妃候補の令嬢たちが狙われたのは、その気もないのに側妃を娶ると決めた俺の意気地のなさが原因です。今回、俺が療養と称してディンズデールへ行っていたのは、ライアンと数日だけでも離れていられなくて会いに行っただけです」

「……医師に書かせた診断書は嘘だろうなと思っていたので、その点には驚かないな。それで？」

アーネストが警戒する表情になった。ヒューバートがなにを言い出すかと身構えている。ヒューバートは執務机の横に立っている近衛騎士団長をちらりと見た。タイラーはいつものように無表情で、最愛の国王を警護している。ここでヒューバートがアーネストを害そうとしたなら、なんの躊躇いもなく斬ってくるだろう。

「王都を発つ前、俺はすでに側妃を娶らないことに決めていました」

「なんだと？」

「決めていましたが、なによりもライアンに会うことを優先したくて、時間を惜しみ、そのことを陛下に告げるのを後回しにしました。その結果、令嬢たちを危険な目にあわせることになってしまい、申し訳なく思っています。決めたのならさっさと側妃の話は白紙に戻すと言ってしまえばよかったと深く後悔しています」

それだけはヒューバートの罪だ。殺されたライト伯爵家のルシアンナには、どれだけ詫びても詫びきれない。悪いのはルアードだと頭でわかっていても、感情面では簡単に納得できるものではない。ライアンもヒューバートは悪くないと慰めてくれたが、この後悔はたぶん一生背負っていくことになるだろう。

「側妃を娶らないだと？　いったんはその気になってくれたのではないのか」

アーネストが気色ばむ。

「俺はライアンを愛しています」

堂々と言い切った。アーネストが息を呑み、緑の瞳を見開いた。

「ずっと愛していました。彼以外にはだれも愛せません。愛のない結婚はもうごめんです。妻のヒルデガードとは正式に離婚します。彼女も真の愛を見つけたようですから」

「正式に離婚だと？」

「息子のフィリップは俺が責任をもって養育します。俺のつぎの王太子候補ですからね。大切に育てます。ライアンを離宮に住まわせることにしますので、きっとフィリップのよい育ての親になってくれるでしょう」

「なにを勝手に決めているのだ！」

ダン、と両手で机を叩き、アーネストが立ち上がった。大国の王として相応の威厳があるアーネストだ。身を乗り出して睨みつけられれば、それなりの迫力はある。だがヒューバートはライアンに関していっさい譲歩するつもりはなかった。

「陛下、俺はあなたと七歳しか離れていない。おそらく繋ぎの国王になるでしょう。最初から種馬として王太子にされたことはわかっていました。それでも、国の安泰のため、この立場に甘んじてきました。王位が世襲であること、王家が国民の心の支えであることも理解していましたからね」

ヒューバートはアーネストから一瞬も目を逸らすことなく見つめた。

「でも、あなたが好きな男と生涯をともにしたいと願ったように、俺だって好きな男とこの先の人生を過ごしたいんですよ」

執務室の空気が、いままでになくピンと張りつめる。

「だれだって、愛する者と生きていきたいと思うものです。王族だろうと庶民だろうと、そこは変わらないでしょう。わかってください、陛下。俺は側妃を娶らない。もう女性とのあいだに子供はつくらない。愛するのはライアンだけだ」

言い切ったヒューバートを長いあいだ凝視していたアーネストは、ふっと息をつくと椅子に座った。執務机に頬杖を突く。

「わかった、とは言えないな」

「陛下」

「とりあえず、離婚は仕方がないこととして認めよう」

飛び上がりたいほどの喜びをぐっと堪え、ヒューバートは「ありがとうございます」と頭を下げた。

「ヒューバートのためではない。ライアンと、ヒルデガードが心置きなくあたらしい生活をはじめるためだ」

不本意そうな顔つきながらアーネストはそう言い、隣室に控えている文官を呼んだ。王太子夫妻の離婚を認める書類の作成を命じる。ヒューバートはひそかに「よし」と拳を握り、ライアンの顔を思い浮かべた。

思いのほか、はやく迎えに行けるかもしれない。まずは正式に離婚しなければ、ライアンを離宮に入れることはできないと考えていたからだ。


翌日、王太子夫妻の離婚が王家から発表された。

庶民がどう思ったかはわからないが、貴族たちは王太子夫妻が別居したことを噂で聞いており、国王が許可したことには驚いたものの、とくに大きな騒ぎにはならなかった。それよりもその王太子妃の父親ルアードが、王太子の側妃候補の殺害を計画し、王太子まで暗殺しようとしたことの方が衝撃的だったのだ。

好奇心旺盛な貴族たちが詳細を聞きたがり、ヒューバートに続々と面会を申し入れたがすべてを断った。

ヒューバートはそんなことに構っていられないほど忙しかったのだ。

ライアンを迎え入れるため、離宮の準備に余念がなかった。離宮の家具を入れ替えた。ついでにヒルデガードが使用していたものはすべて出し、男性向きの大きさのものを置いた。ついでに自分の寝台もあたらしいものにした。ヒルデガードがヒューバートの寝室に入ったことはないが、ライアンがいやがるかもしれないと思ったからだ。

ギルバートと連絡を取り、ライアンの私物をすこしずつ離宮に運びこんだ。彼の様子を聞いてみると、なにやら各分野の基礎範囲を復習しているらしい。きっとフィリップのためだろう。ライアンらしい行動に、ヒューバートは愛しさが募った。

ライアンの仕事については、アーネストが側近を続けさせることに難色を示したため、辞めてもらうことになった。

二人の関係はあえて公表しないことにした。離宮に入るのも、フィリップの教育係という名目になった。ライアンとの関係を隠しておきたいわけではない。ただ前例がないことなので、口さがない貴族たちから守る意味があった。王太子の伴侶として公式の場に連れて行くつもりもなかった。

そして王都に戻ってから半月後、ヒューバートはライアンを迎えに行った。

屋敷の玄関で緊張した面持ちで立っていたライアンを、攫うように馬車に乗せる。ギルバートをはじめ整列していた使用人たちに慌てて手を振るライアンを抱きよせ、ヒューバートは走り出した馬車の中でくちづけた。あれこれと段取りが忙しく、会うのは戻ってきたとき以来、半月ぶりだった。

「殿下……」

碧い目を潤ませて喜びの笑みを浮かべるライアンが可愛い。離宮に到着するまで、ヒューバートはライアンを膝に乗せて抱きしめていた。

離宮の前に馬車が停止するやいなや、フィリップが飛び出してきた。馬車の扉が外から開かれる。

「ライアン！」

フィリップの笑顔を見て、ライアンの目から涙が溢れた。

「これからいっしょにここで暮らすってほんとう？　すごくうれしい！　いっぱい遊ぼうね！」

「フィリップ殿下、私も嬉しいです」

フィリップを、ライアンは両手で抱きしめた。

三人で離宮の中に入っていくと、母が待っていた。ライアンはフレデリカの前で片膝をつき、恭しく礼をする。伴侶の親に対する敬愛が伝わってくる所作だった。

「ライアン、息子をよろしくお願いします。これからも仲良くしましょうね」

「ありがとうございます」

あらためて瞳を潤ませたライアンに、母は苦笑いしている。

「いろいろと……申し訳ありません」

「まあ、あなたが謝ることなんて、なにもないのよ。責任は全部、息子にあるのだから」

「母上」

その通りだが、ヒューバートが眉間に皺を寄せると、母はくすくすと笑った。

「さあ、とりあえずお茶にしましょうか。ライアンに飲んでもらいたい茶葉があるの」

フレデリカが明るい声でそう言い、ヒューバートたちをテラスに誘い出す。そこにはすでにお茶会の用意がされていた。

白いクロスがかけられた丸テーブルには庭の花が美しく飾られ、華やかな柄の茶器が並べられている。日常使いではない茶器だと、ヒューバートにはわかった。ライアンを歓迎する意味がこめられているのだろう。

まなざしで母に礼を言い、ライアンを席につかせる。フィリップも座らせて、四人でのお茶会がはじまった。

いつしか季節は晩夏になっていた。

夏の終わりの爽やかな風が、テラスを吹き抜けていく。

おわり

■あとがき■

こんにちは、またははじめまして、名倉和希です。このたびは、拙作「恋を封じた側近と愛に気づかない王子」を手に取ってくださって、ありがとうございます。

今作は「初恋王子シリーズ」として三作続いた話のスピンオフとなっております。もちろんシリーズを未読でもわかるように書きました。はじめての方も、どうぞ楽しんでください。

シリーズ中ではまだ子供だったライアンが、今回は主人公になっています。

ライアンはとっても良い子です。母親を亡くしたり事件に巻きこまれたりして色々と苦労した子なので、絶対に幸せになってもらいたいと思っていました。だからアホな王子なんかに嫁がせたくありませんでした…！　でも仕方ありません。ライアンがヒューバートを愛してしまったのですから。

ライアンとヒューバートは多感な時期を支えあって過ごし、そのまま大人になりました。意図せずして、おたがいになくてならない存在になってしまったわけです。そりゃ結婚生活なんてうまくいきませんよ。可哀想な王太子妃。父親が犯罪者になっちゃいましたけど、彼女は真実の愛を見つけたので、嫁いで夫の姓になります。社交界からも遠ざかるので静かに生活できるでしょう。
今後、おそらくフィリップが成人したのちに、ヒューバートは王太子の座を降りるでしょう。ライアンとともに息子のバックアップに注力していくと思われます。もちろん国王アーネストと話し合った末のことです。
フィリップはみんなに大切にされ、愛されて、すくすくと成長していくでしょう。きっと可愛らしいどこかの令嬢と結婚して、子宝に恵まれることと思われます。フォルド王国、万歳！

前作に引き続き、イラストは街子マドカ先生にお願いしました。美しく成長したライアンと、茶目っ気のあるヒューバートがとても素敵です。ありがとうございました。

私の本は今作で九十一冊になりました。百冊まであと少し！　予定通りに書くことができれば、二〇二六年には百冊に達するはず。まだまだ煩悩にまみれたＢＬを書いていくつもりですので、みなさんよろしくお願いします。
それでは、またどこかでお会いしましょう。

名倉和希

初出
「恋を封じた側近と愛に気づかない王子」書き下ろし

CHOCOLAT
BUNKO

この本を読んでのご意見、ご感想をお寄せ下さい。
作者への手紙もお待ちしております。

ショコラ公式サイト内のWEBアンケートからも
お送りいただけます。
http://www.chocolat-novels.com/wp_book/bunkoenq/

恋を封じた側近と愛に気づかない王子

2024年11月20日　第1刷

著　者:名倉和希
発行者:林 高弘
発行所:株式会社　心交社
〒171-0014　東京都豊島区池袋2-41-6
第一シャンボールビル7階
(編集)03-3980-6337 (営業)03-3959-6169
http://www.chocolat_novels.com/
印刷所:TOPPANクロレ株式会社

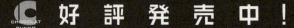

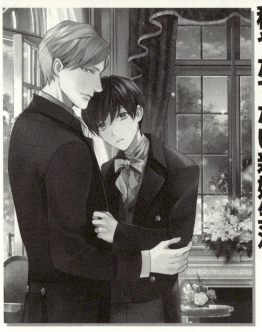

君を忘れた僕と恋の幽霊

手嶋サカリ

イラスト・伊東七つ生

それぞれの一途すぎる愛が紡ぐ、ミステリー・ラブストーリー

階段から落ちて記憶を失った小説家・奏汰のもとに、恋人候補を名乗る葵が現れる。奏汰の持つ「恋人としたいリスト」を一緒にやり切れば彼と付き合う約束だったという。自分が書いたとは思えない内容のリストを見て保留しようとするが、葵は拒み怪我をした奏汰の為にと同居まで押し切られてしまう。マイペースなのに機微に敏く、好意を素直に示す葵に次第に惹かれていくが、実は人気俳優で恋人もいると知りーー。